金銀島

總導讀

打開世界文學經典，進入生命的另一個層次！

——新樹幼兒圖書館 館長 蔡幸珍

文學經典之所以成為經典，是因為這些世界名著經過時間的淘洗與淬煉之後，能歷久不衰並轉化成各種形式的「變裝」，例如：卡通、電影、芭蕾舞蹈、音樂、漫畫、手機遊戲、桌遊……等，繼續活躍在這世界的舞台上。

時代會變，社會在進步，科技也以十倍速更新，然而亙古以來的人性卻沒有顯著的變化，幾百年前能感動、震撼、取悅、療癒人心的世界名著，在幾百年後，依然能深深打動世人。

完整的文學經典出版計畫

小木馬文學館這一系列的世界文學經典作品，是由日本第一流的兒童文學研究家，以及國內的傑出譯者以生動活潑的現代語言譯寫，並且附有詳細的注釋、彩頁插畫、作者介紹、人物關係圖、故事場景和地圖……等等。從這些規畫與細節，可以看到編輯群的用心與貼心。

每個時代的生活用語與文物不盡相同，書中圖文並茂的注釋讓讀者能跨越時空、地理與文化的差異，減少與文字的距離和陌生感，更容易進入故事的時空情境當中。書中的介紹讓讀者了解作者的生平與創作背後的故事；人物關係圖釐清了解各個角色之間的關係，譬如：《希臘神話》中的哪個天神和誰生下了誰，誰又是誰的兄弟姊妹，這個英雄又有何來頭，天神之間錯綜複雜的關係，一張人物關係圖就能幫助讀者腦筋不打結；故事場景和地圖則提供清晰的地理線索，不論是將來實地去故事誕生之地拜訪遊玩，或是在腦海中遨遊都格外有趣。這些林林總總的補充資料，我稱它們為「作品懶人包」，讓讀者無需上網一一去搜尋相關的背景資料，提供了一條深入了解作品的捷徑。

體驗經典的文字魅力

閱讀小木馬文學館一本又一本的世界名著時，我彷彿坐上時光機，回憶起與這些「變裝」後的世界名著相遇的點點滴滴。

《湯姆歷險記》以卡通的型態出現在老三臺的電視裡，吹著口哨的湯姆計誘朋友以珍藏的寶貝來換取刷油漆的工作，湯姆．索耶聰明淘氣的形象深深的烙印在我的腦海中；《紅髮安妮》每隔十幾年就被翻拍成電視劇或是電影《清秀佳人》；《格列佛遊記》藏身在國小的課文中，一年又一年，格列佛在課本裡，全身被釘住，上百支箭射向他；我在舞台上遇見了《莎士比亞故事集》中的羅密歐與茱麗葉；《悲慘世界》以音樂劇的形式在我的心中投下震憾彈；《偵探福爾摩斯》則讓年少的我躺在涼椅上抱著書不放，度過一整個暑假。我與希臘眾神的相遇則是在台東大學兒童文學研究所的「神話與童話」課堂中、在希臘愛琴海上的克里特島上。

小時候的我，看過「變裝」後的世界名著，現在再讀小木馬文學館以「書」的形式登場的這些名著時，著實被這些作品的文字魅力深深吸引住。「書」和卡通、電視電影等影音媒體大大不同，以水果來比喻的話，書就是水果，而卡通、電影是果汁。看書像是吃原味的水果，而看卡通、電影就像喝果汁，有些營養素不見了，口感也不同了！

比方說，在《湯姆歷險記》卡通裡，看不到馬克．吐溫寫的「不好的回憶就像寫在海灘上的字，幸福的大浪一捲來，馬上就消失無蹤。」在《清秀佳人》卡通裡，看不到「我現在來到人生的轉角了，雖然走過轉角後不知道前方會有什麼在等待著，但我相信一定是燦爛美好的未來，這又是另一種樂趣了。」這樣精采的字句，因此我誠心建議曾經與「變裝」世界名著相遇的人，千萬別錯過原著的文字世界。

閱讀，讓生命變得不同

小木馬文學館將這一系列世界名著的定位為「我的第一套世界文學——在故事中體驗冒險、正義、愛、歡笑與淚水」，兼具趣味性、易讀性、知識性、文學性，並展演出各式各樣的人性，冀望能為小讀者開啟人生第一道文學之門。我也極力推薦大人們和小朋友一起閱讀這系列書，一起聊聊書，在書中探索人心的神祕、奧妙與幽微之處，也一起認識這世界的種種不幸與美好。

法國的符號學者羅蘭．巴特說：「閱讀不是逐字念過而已，而是從一個層次進入另一個層次的過程。」

我也認為閱讀是一種化學變化，讀一本書之前和讀了一本書之後，讀者的生命將變得和原本不一樣了。看《悲慘世界》時，可以看到未婚生子的女工在底層環境裡養育孩子的辛苦，了解社會底層人士的生活樣貌；讀了《紅髮安妮》之後，也可以學習安妮正向樂觀的生活態度，對生活保持高度好奇心，並對周遭世界施以想像的魔法，讓世界變美麗！看《湯姆歷險記》時，才知道在現實生活中自己可能是乖乖牌席德，但內心其實很想扮演湯姆．索耶，偶爾淘氣、搗蛋、半夜去冒險。

書本能誘發我們的人生成長，而經典更絕對是最佳的催化劑。打開書吧，讓我們透過一本本世界文學經典的引領，進入生命的另一個層次！

前言

因一張地圖得到啟發的名作

《金銀島》故事是以某位老船長留下的一張地圖為中心，一名少年為故事主角，發展出充滿驚奇與冒險的海洋小說。

作者史蒂文森一八五〇年出生在英國愛丁堡，一八九四年在南太平洋薩摩亞群島的烏波盧島走完四十四年的短暫人生。

這個作品誕生的契機在於一八八一年，史蒂文森看了繼子勞埃德不經意畫下的地圖上隨手寫著「骷髏島」、「望遠鏡山」等字，不知不覺便衍生出天馬行空的幻想，「海盜」、「埋藏的寶藏」、「遺留在島上的人」等詞彙一個接著一個浮現腦海，最後動筆寫下的作品便成了這本《金銀島》。

本故事中有許多人物，其中個性最多層次，描寫得最生動的就是「獨腳海盜西爾法」，說不定各位在讀這個故事時，會覺得比起主角──少年吉姆，這名海盜更令人著迷。

本作品的時代背景是十八世紀後半，然而在開頭，少年吉姆的這句獨白「我對這件事的印象清晰如昨」帶著讀者走入故事中的世界，彷彿身歷其境。

快來翻開書上的地圖，跟著吉姆去冒險吧！

第四部　要塞

第五部　海上的冒險

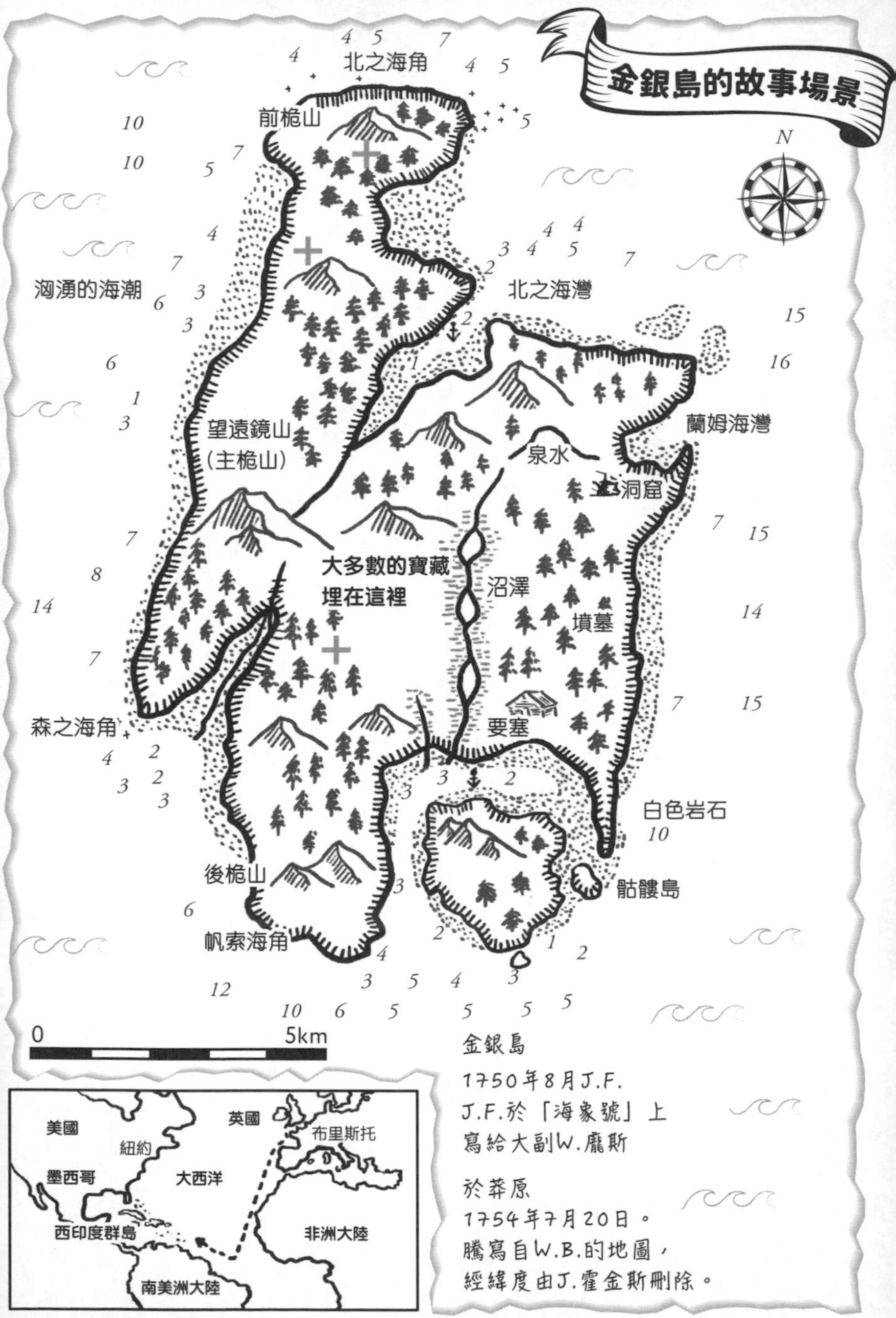

※世界地圖上的國名，並不是1750年、1754年當時的名稱，而是現代的名稱。

寫給美國紳士
奧茲．奧斯朋

我配合你古典的興趣，編出了這個故事。
現在，你的親密好友，也就是這本書的作者，
為了答謝你帶給我無數的快樂時光，
將這個故事，包含我發自內心深處的愛，
獻給你。

寫給正考慮要不要買下這本書，猶豫不決的人：

假如水手所說的航海故事，
暴風雨、冒險、酷暑與嚴寒、
帆船、群島、被遺留在孤島的人、
以及海盜、埋藏的黃金，
那些使人懷念的所有傳奇故事再次流傳，
如同讓過去的我樂在其中般，
能取悅現代更聰明的年輕人——很好，那就買吧！

不過，假如好學的年輕人，
已理解不了前人的喜好，
不再喜歡威廉・亨利・賈爾斯・金斯頓，

勇敢的羅伯特．麥可．貝冷丁，
或是沉潛在森林或海洋中的詹姆斯．菲尼莫爾．庫珀，
這樣也很好！
這麼一來，我與我的海盜，
就會和那些作者與他們筆下的人物，
一起走入墳墓，好好安息。

第一部　老船長

出現在「班波提督」的老船長

地主崔洛尼先生、利弗希醫生以及其他諸位鄉紳要求我將有關金銀島的事，從頭到尾鉅細靡遺記錄下來。唯獨島嶼的位置，由於仍有寶藏尚未挖掘出來，得保密才行。

我從一七XX年開始動筆，故事要回溯到我父親開了一家名叫「班波提督」的旅館的那個時候。

有一天，一名上了年紀的水手出現在旅館，說要投宿，我對這件事的印象清晰如昨。那人用手推車搬運航海用的衣物箱，伴著喀啦喀啦的聲響，艱難的走到旅館門口。

他身材高大魁梧，皮膚曬成栗子般的深褐色，沾滿**焦油**的**編髮**垂在骯髒的藍色衣服上，一邊的臉頰上有青白色的刀疤。

男子環視海灣，吹著口哨，忽然唱起老船歌。

死人的箱子裝財寶，已有十五個人來找，
喝吧喝吧盡情喝，喲呵喲呵喲呵呵。

然後，我父親才探出頭，他便粗魯的喊道：

「給我來杯**蘭姆酒**！」

接著，他就像每個愛酒成癡的人那樣一面細細啜飲，一面這麼說：

「這個海灣很合適，旅館的地點我也很中意。老闆，生意好嗎？」

「客人少得可憐，真傷腦筋。」

海盜（第19頁）
在海上攻擊船隻，或攻擊住在海邊的居民，搶奪金錢和物品的盜賊。在歐洲，從八世紀到十九世紀，海盜特別猖獗。

班波（第21頁）
活躍於十七世紀後半到十八世紀的英國海軍軍官約翰．班波，在與法國艦隊的戰爭中失去一條腿。

「是嗎？對我來說，這個落腳處再好也不過了，我要在這裡住上一陣子。這裡有海角，可以監看船隻出入，太可貴了。你問要怎麼稱呼我？叫我船長吧！哦哦，你想要錢嗎？拿去！」

男子說道，扔了三、四枚金幣在地板上。

「錢用完了再來找我！」

他一臉嚴厲，高高在上，像個指揮官似的說道。

坦白說，雖然這個人身上的衣服破破爛爛，說起話來粗俗鄙陋，可是怎麼看都不像是打雜的水手，反倒像是無時無刻都傲慢的指使別人，甚至動手揍人的船長或副船長。

就這樣，船長成了我們旅館的房客。平常的他沉默寡言，一整天都在海灣附近或懸崖上閒逛，還有支**黃銅**

焦油（第21頁）
從煤炭煉取煤氣或焦炭時的產物，黏稠的黑色油狀液體。當時的帆船木製的部分會塗上焦油來防腐，常會沾染在船員的頭髮或衣服上。

望遠鏡片刻不離手。晚上則是一直坐在客廳的**壁爐**旁，喝著很烈的蘭姆酒。

船長每天散步回來後，一定會這麼問：

「有沒有像水手的人上門？」

一開始，我們以為船長是想認識其他水手才這麼問，不久我們才知道原來是他在躲避這類的人。

偶爾有水手投宿（有時會有人走沿海的陸路前往**布里斯托**），船長進門前，都會先從窗簾縫偷窺；要是店裡有水手在，他會像老鼠般迅速躲起來。

某天，船長偷偷把我叫過去，吩咐我說：

「我要你仔細留意，若是發現只有一隻腳的水手，馬上通知我。聽我的話照辦，每個月一日就付你四**便**

編髮（第21頁）
在當時的船員流行的髮型。將頭髮分成兩束，各自綁成辮子並垂在左右兩側。

士。」

我乖乖照做，可到了下個月的一日，我向船長討錢，他卻一臉不高興的瞪著我。不過，不到一星期他又改變心意，還是把應給的錢付給我了。

「千萬要留意獨腳的水手。」

他不斷重複他的命令。

拜他的這番話所賜，害我連做夢都會夢到獨腳水手。在夢中，那獨腳水手的腿要不是從膝蓋以下都斷掉，就是會從大腿根部彈出去、從身體正中間長出來或是跳著追趕我，真是可怕到無法形容的惡夢。

到了晚上，船長會猛灌摻了水的蘭姆酒，然後唱那首詭異又粗鄙的老船歌。偶爾他會請隔壁桌嚇得想逃的客人喝酒，強迫人家聽他說故事。

蘭姆酒（第22頁）

將甘蔗糖蜜發酵，製成釀酒用的基本酒精，再經過蒸餾而成的高酒精濃度的酒，也被稱為「船員之酒」。

黃銅（第23頁）

銅與鋅的合金。不易生鏽，具有美麗的光澤，常用於製造家具或樂器。

他所說的每個故事都令人毛骨悚然。像是**絞刑**是怎麼執行，或是將人的眼睛矇上，要他行走在從船伸到海面的板子上，一個重心不穩就會掉落海裡等等。

這位船長的同伴，肯定是海上暴徒中格外凶狠的一群人。

由於船長的關係，我們的店漸漸沒人敢上門，幾乎要倒閉。他已經住了好幾個月，一開始給的錢早就不夠抵了，我父親卻沒有勇氣再去要求他付錢。

即使他好不容易去開了口，船長也只是狠狠的瞪著我父親，拍桌怒罵，把他轟走，不曾拿出錢來過。

我親眼見到父親遭船長嚴厲拒絕後，只能焦急痛苦的搓著雙手的模樣，一定是那艱苦和恐懼的滋味，讓他減了好幾年的壽命。

壁爐（第24頁）
將爐口砌在牆面上，並將煙囪藏在牆壁中的暖氣設備。

布里斯托（第24頁）
英國英格蘭西南區的大港都，十八世紀時因做為工商業及交通重鎮而繁榮。

只有一次，船長踢到鐵板。那時我父親的病已越來越嚴重，有天下午利弗希醫生來替父親診療，檢查完暫時在大廳休息。

醫生個性乾脆又開朗，總是戴著灑上雪一般的白色**髮粉**的**假髮**，一身整齊的打扮。

另一方面，船長則是全身又髒又亂，喝蘭姆酒喝得醉醺醺的，忽然大聲唱起那首船歌。

死人的箱子裝財寶，已有十五個人來找，
喝吧喝吧盡情喝，喲呵喲呵喲呵呵。
剩下的人也會被酒和惡魔打倒，
喝吧喝吧盡情喝，喲呵喲呵喲呵呵。

便士（第24頁）
英國的貨幣單位。原本是一英鎊的兩百四十分之一，一九七一年之後，變成一英鎊的百分之一。

絞刑（第26頁）
將罪犯的雙手綁在背後，脖子套上繩圈，從高處吊起並勒住脖子以致死的刑罰。

一開始，我猜想歌詞中的「死人的箱子」，指的是船長在二樓面對大馬路的房間裡的那個大箱子。但這時侯，早已沒有人特別在意這首歌在唱什麼了。

利弗希醫生先是生氣的看了船長一眼，隨後又繼續告訴園藝工匠泰勒爺爺關於**風濕**的新治療方式。

船長越唱越起勁，用力拍了一下桌子，要所有人都閉嘴。一瞬間，大家都默不作聲，唯獨醫生照常繼續說著話。

船長目露凶光瞪著醫生，再度拍了一下桌子，粗魯大吼：

「給我閉嘴，混帳！」

醫生平靜的問：

「你在說我嗎？」

髮粉

十八世紀，英國紳士流行戴假髮，並在假髮上灑上白色粉末。

假髮

目的是補足本身不足的髮量，或是裝飾用途。這裡指的是十八世紀，英國紳士間流行的裝飾用頭髮。

「當然！」

「那麼，我奉勸你一句話，你最好別再這樣猛喝蘭姆酒，否則很快就會去見上帝。不過，這世上就會少了一個壞蛋。」

船長非常生氣，猛地站起身，並抽出折疊刀威脅醫生。

「可惡！看我把你剁成肉醬塗到牆上。」

醫生一動也不動，冷靜回答道：

「立刻收起你的刀子，不然我一定會在這次的**巡迴法庭**上把你送上絞刑台！」

兩人互瞪，殺氣騰騰，最後船長終於認輸，收起刀子，口中喃喃自語，回到自己的座位上。

醫生接著說：

風濕（第29頁）

各種原因下，關節或肌肉劇烈疼痛的疾病總稱。

巡迴法庭

一般指的是法官前往沒有法院的地方進行審判。在英國，法院分為高等法院（倫敦才有的中央法院）和基層法院。只有基層法院的地區，審判重罪時，會請高等法院的法官出差到當地進行審判。

「既然知道我負責的區域有你這號危險人物，我會不分晝夜監視你，你最好做好心理準備。我不但是醫生，也是**治安法官**。假如你敢再拿刀出來威脅任何人，我一定會逮捕你，把你從這裡趕走！聽明白了嗎？」

不久，利弗希醫生離開了。從這天晚上起，有好一陣子，船長都非常安分。

治安法官

調查地區上的簡單事件，維持地區秩序的民間權威人士。透過選舉從當地居民中選拔出來。

「黑狗」現身又消失

嚴寒的冬季來臨，狂風吹襲。我和母親心裡明白父親恐怕熬不到明年春天，便接下了旅館的所有工作。

一月某個寒氣逼人的早晨，船長比往常還要早起，身穿破舊的藍色上衣，寬鬆的衣襬下掛著**彎刀**，腋下夾著黃銅望遠鏡，出門前往海岸。

母親在二樓父親的房間，而我正在替船長準備早餐。這時候，大廳的門忽然開了，一名從未見過的男子走進室內。

他的臉色蒼白如蠟，左手缺了兩根指頭，腰間掛著彎刀，但是看起來不怎麼厲害。

那人側眼瞄了桌上的早餐，接著開口問道：

「這是我同伴比爾的早餐嗎？」

「我不知道您口中的比爾是誰，這份早餐是替住在我們旅館的一位船長準備的。」

「是嗎？如果那個人就是比爾，叫船長也沒錯。那傢伙其中一邊的臉頰有刀疤吧？應該就在右邊臉頰。總之，你跟我說，比爾去哪裡了？」

「如果您說的是船長，他去散步了，差不多就快回來了。」

「好，既然如此，那我就當自己已經在和我的好同伴比爾愉快乾杯了。」

可是他臉上的表情看來一點也不開心。他就在旅館門外閒晃，像是企圖捕捉老鼠的貓環視四周，過了不久便驚訝的衝進來。

彎刀

一般指的是用堅硬的鐵製成，寬幅的單刃刀。長度比短劍長，比軍刀短，刀刃大多微彎。船員，尤其是海盜會隨身攜帶用來戰鬥。

「我的同伴比爾帶著望遠鏡回來了。真是太好了！小弟弟，我們來躲在門後面給他一個驚喜吧！」

男子心神不定的樣子，讓我好害怕。

他解開刀柄處的皮革鈕，隨時都可能拔刀。然後像是有東西哽在喉嚨似的，不停咕嚕咕嚕的吞口水。

等著等著，船長終於走了進來，啪噠一聲關上門，朝擺放早餐的桌子筆直走去。那個可疑的人馬上喊了他一聲：

「比爾。」

船長一回頭，臉上頓時失去血色，連鼻子都變得蒼白，表情就像是看到幽靈還是惡魔。那人繼續：

「喂！比爾，你記得我吧？不至於忘記昔日同在一條船上的夥伴吧？」

船長痛苦的回道：

「你是黑狗！」

「沒錯，我黑狗大爺很想念從前的老朋友，特地來見你一面。」

船長總算回過神來，

「終於被你找到了，既然你都找上門，我也不會逃。好了，有話快說！找我有什麼事？」

「不愧是比爾。總之，咱們先跟這個可愛的小弟弟要一杯蘭姆酒，然後再像過去在海上一樣，來場男人和男人的對話吧！」

我把酒端過去後，兩人很快就面對桌子坐下。黑狗對我說：

「你可以出去了，門不用鎖，但是不准從鑰匙孔偷看喔！」

我退到隔壁房間，即使用力豎起耳朵，也只能聽見他們低聲嘟囔，完全聽不清楚內容。

沒多久，他們就越說越大聲，緊接著是互相怒罵，以及東西碰撞的聲響。先是桌椅翻倒的聲音，接著就是刀子敲擊的聲音，外加激烈的慘叫。

我趕緊跑過去看，見到船長朝全速逃跑的黑狗追了上去。兩人都抽出自己的刀子，鮮血從黑狗的左肩汩汩流出。我跑到門口時，船長正凶猛揮下刀子，給予對方最後一擊。

他的刀擊中寫著「班波提督」的大招牌。若不是砍到招牌，黑狗的脊椎骨恐怕早就被砍斷了。直到現在，招牌下方的邊緣還殘留著當時的刀痕。

黑狗衝到馬路上，身受重傷卻還能像射出去的箭一般飛快逃走，不到半分鐘就消失在山丘的另一頭。而船長則像是失了魂似的，杵在原地呆望著招牌，過一陣子才終於回到旅館裡。

「吉姆，給我蘭姆酒。」

他一面說，腳步有點踉蹌，一手扶在牆上撐著身體。

我連忙跑去取酒，剛才發生的事讓我失了心神，不但打破杯子還弄壞了酒桶的出酒口。不久，客廳傳來東西倒下的聲音，我趕到現場一看，發現船長倒地不起。

一連串聲響驚動了母親，她從二樓走下來。我們兩人抬起船長的頭，他不停呻吟，雙眼緊閉，臉色也變得相當難看。

我們好一陣子慌了手腳，即使想把蘭姆酒灌進船長的嘴裡，他卻咬緊牙根，讓我們束手無策。就在這時候門開了，是來替父親看病的利弗希醫生正好到了。

我們鬆了一口氣，放聲大叫：

「醫生，這下子該怎麼辦？他哪裡被砍了啊？」

醫生若無其事的回答：

「他沒有受傷，只是**腦溢血**，之前我就警告過他了。老闆娘，妳到二樓去照顧老闆吧。這傢伙雖然是個壞蛋，我還是得設法救他。吉姆，幫我拿臉盆過來。」

當我拿臉盆回到原處時，醫生早已撕開船長的袖子，讓他的粗壯手臂露出來。

船長的身上到處都是**刺青**。除了「中大獎」、「順

腦溢血

腦中的血管破裂，造成腦部出血，血液壓迫到腦部組織的疾病。好發於老年人、高血壓患者，死亡率很高。

刺青

用針或小刀在皮膚上畫圖、刻字或上色，有裝飾身體或是宗教習慣等各種目的。

風」、「比利・龐斯的最愛」等字句，肩膀附近還有一個人掛在絞刑台上的圖樣。

醫生戳戳那個圖樣，說：

「你早晚也會變成這副德性。你的名字是比利・龐斯是吧，讓我看看你的血是什麼顏色吧？這麼做是為了減輕你的病狀。吉姆，你害怕看到血嗎？」

「不怕，醫生。」

「很好，把臉盆端著。」

醫生拿出外科用的針在船長的血管上札了洞，抽了很多血出來，船長好不容易睜開眼睛，恍惚的環顧四周。

他首先發現醫生在，皺起眉頭，接著看到我，便露出放心的表情。然後，他又忽然臉色大變，奮力撐起身體，大喊：

「黑狗在哪裡？」

醫生教訓他說：

「不在這裡，比起什麼黑狗，現在更重要的是你不聽我的勸告，還是不停喝蘭姆酒，引發了腦溢血。雖然我不怎麼願意，還是從鬼門關前把你救回來了。對了，龐斯……」

船長打斷了醫生的話：

「我的名字不叫龐斯！」

「無所謂。總之，我警告你，再不戒酒，就只有死路一條。好了，你撐住，我就再幫你一次，帶你去床上躺下。」

醫生和我好不容易才把船長扛上二樓，讓他躺到床上。

走出房間，醫生對我說：

「我幫他抽了很多血，得靜養一星期才行。這麼做對他和你們都是最好的，要是他再昏倒就沒得救了。」

中午，我端著冷飲和藥去船長的房間。船長跟先前一樣疲憊的躺在床上，精神卻很亢奮。

「吉姆，拜託你，給我一杯蘭姆酒。」

「可是，醫生說……」

話還沒說完，船長便用虛弱的聲音怒罵我：

「醫生都是渾蛋！那個庸醫根本不了解航海人！我啊，曾經在猶如煮沸的**瀝青**般炎熱的地方，親眼目睹同伴因**黃熱病**接二連三倒下。醫生根本不了解我的過去，我可是在那種地方靠蘭姆酒活了下來，說穿了，本大爺和蘭姆酒的關係，就像肉與酒、丈夫與妻子一樣，根本分不開。

你看我的手抖成這樣，一定得喝一口蘭姆酒，不然我會發瘋。我已經產生了幻覺，看見**夫林特船長**就站在那個角落。要是我瘋了，可就不敢保證會幹下什麼大事。」

船長越來越亢奮，要是他大鬧起來，我擔心會影響到已病重的父親。

「好吧，只能喝一杯喔！」

我才端上蘭姆酒，船長就貪婪的一飲而盡。

「嗯，感覺稍微好一點了。對了，小鬼，那個醫生要我靜養多久？」

「醫生說最快也要一個星期。」

「一星期？我才沒辦法躺這麼久！我要是再拖拖拉拉的，他們肯定會帶著『黑色通牒』上門來找我。好！

黑色通牒

當一群海盜決定趕走統領他們的老大時，會將紙片剪成圓形，其中一面塗黑，然後將這個紙片交到老大的手上，彼此就解除關係。

瀝青

煤焦油或石油經過蒸餾後，所留下的黑色黏稠物質。用於木材防腐、製造蜂窩煤、鋪設道路等。

我要再給他們一次驚喜，我要再度搭船逃走！」

船長抓著我的肩膀站起來，卻又立刻喘不過氣並倒回床上。

「吉姆，那個叫黑狗的人是個壞蛋，可是啊，在他身後指揮的人更可怕。

如果我沒有順利逃走，他們一定會向我發出『黑色通牒』。他們的目標是我帶來的那個箱子，萬一我出事的時候，你一定要騎馬去找那個醫生。

你要拜託醫生召集治安法官趕回『班波提督』，把那個令人聞風喪膽的海盜夫林特的手下通通抓起來。

我啊，原本是夫林特船上的**大副**，夫林特在**薩凡納**死去之前，把寶藏地點告訴了我，只有我知道埋在哪裡。

黃熱病（第40頁）
熱帶地區常見的一種傳染病。伴隨著突如其來的發冷、高燒、噁心、頭痛等症狀，皮膚會變成黃色。死亡率非常高，病毒（病原體）的傳播媒介是蚊蟲。

夫林特船長（第41頁）
出現在本故事中，作者虛構的人物。在作者筆下，他是本故事中的海盜頭目，非常殘忍無情，所有水手都懼怕他。

不過，吉姆，要等到他們對我發出『黑色通牒』，你才可以去找醫生。或是等到黑狗再度現身，還是獨腳水手出現的時候才能動身。」

「可是，你說的『黑色通牒』是什麼？」

「就是海盜放逐夥伴的命令。總之，你要認真監看。只要你聽話，我絕對會分你一些好處。」

船長又繼續說了好多空洞沒意義的話，最後他終於像昏過去般的睡著了，我才走出他的房間。

假如情況沒有改變，我一定會把這些事情一五一十告訴醫生。

只是沒想到，父親突然在當天晚上過世，我忙著準備葬禮，還要打理旅館的事，根本沒空去想船長那番話。

大副

負責測量船隻位置、操控船隻、指揮船員、監督搬運貨物的高階船員，稱為航海士，航海士中職位最高的人就是大副。必須接受法定測驗，才能取得資格。

薩凡納

位於美國喬治亞州東南部的港都，是十八世紀時美國南部的重要港口。

總之，隔天早上，船長一如往常走下樓；他只吃了一點早餐，就擅自去拿蘭姆酒喝了起來。

葬禮的前一晚，他喝得非常醉，又開始大聲唱那首船歌。在場的每個人都很怕他，沒人敢出聲阻止。

另一方面，醫生突然接到通知，得去很遠的地方出診，父親去世後，我就沒有在附近見過他。

葬禮隔天，霧非常濃，而且十分寒冷。

下午三點左右，我站在門口思念父親，沉浸在悲傷裡，忽然看見有一個人沿著馬路緩緩走過來。

那個人邊用拐杖敲打路面邊前進，眼睛和鼻子上方用綠色的布罩著，一定是盲人錯不了。而且，不知道是年紀大了還是生病，他的背像弓一樣彎，身上披著水手用的連帽斗篷。

這人走到我附近便停下腳步，怪聲怪調的叫我。

「有沒有哪位好心人可以告訴我這裡是什麼地方？我是個可憐的瞎子，在為英國而戰的戰場上失去了寶貴的雙眼。」

「這裡是位於黑山海灣的旅館『班波提督』。」

「聽這個聲音，好像是一位年輕人。麻煩你牽我的手，帶我進去。」

我一伸出手，他立刻用驚人的力氣緊握住我。我嚇得想把手收回來，他卻更用力的把我拉過去。

「好了，小鬼，帶我去找船長。」

「不行，我辦不到。」

「要是你不帶我去，我就扭斷你的手。」

那盲人使勁將我的手臂往後扭，痛得我發出慘叫。他就這麼抓著我走進大廳，喝蘭姆酒喝得醉醺醺的船長就坐在那裡。

那盲人脅迫我說：

「把我帶到那傢伙的面前去，告訴他『你的朋友來了』。你要是不聽話，我就這樣對付你。」

他又更用力的扭了我的手臂，我痛得幾乎要昏過去，卻還是顫抖的大喊：

「你的朋友來了！」

船長一朝我看就清醒了，臉色瞬間變得像死人般蒼白。他企圖站起來，卻無力起身。

那盲人開口道：

「喂！比爾，給我安分一點！我雖然看不見，但是耳朵靈光得很，連舉起一根指頭的聲音都聽得見。把你的左手舉起來。小鬼，抓住那傢伙的左手腕，然後拉到我的右手這邊來。」

船長和我都照他的話做了。他把某樣東西放在船長的手心，船長立刻緊緊的握住。

「好了，我的事情辦完了。」

那盲人放開我，用難以置信的驚人速度衝向馬路。拐杖的叩叩聲越來越遠，我這才終於回過神鬆開船長的手腕。船長目光銳利的凝視著緊握手裡的東西。

「十點？還有六小時，我還來得及跑給他們追！」

船長大叫道，整個人彈了起來。但下一秒就頭暈目眩，把手抵在喉嚨踉蹌了幾步。接著，他詭異的喊了一聲，便倒地不起。

我邊喊母親過來，同時衝到船長身邊，可惜為時已晚，船長再度腦溢血，已沒了氣息。我一點也不喜歡這個人，可是不知為何淚水卻不停滑落。

船長的衣物箱

我把至今看到聽到的事情，一五一十告訴了母親。很顯然的，我們捲入了可怕的麻煩之中。

船長交代我，他要是發生了什麼意外，一定要立刻騎馬去找利弗希醫生，可是我一離開，母親就會落單。

無論如何，母親和我都不能在這裡久留。那個可怕的盲人不知何時又會找上門來。於是，我們決定一起離開家，到附近村子求援。

隔壁的村子跟我們隔了一座海灣，從這裡看不見那邊，但距離不算遠。

可是，當地的村民一聽到海盜夫林特的名字，個個都嚇破了膽，沒有人願意對我們伸出援手。

「這麼說來，海口那兒好像停了一艘小帆船，肯定是那群海盜的。」

語畢，村人全部害怕的目目相覷。

見大家的態度如此，母親怒火中燒。

「那個船長欠了我們很多住宿費！既然你們沒有人願意鼓起勇氣幫我們，吉姆和我就自己回旅館去，打開船長的衣物箱，拿等值的東西來抵！」

「那麼做很危險，奉勸你們小心。」

大家也只是這麼說，沒有人願意陪我們一同回旅館，只有一名年輕人騎馬去通知利弗希醫生。

我和母親在寒夜中返回旅館，一路上，我的心臟撲通撲通的跳個不停。

滿月正要升上夜空，在霧中隱約發出紅色光芒。

這麼一來，直到我們返家前，四周都會像白晝一樣明亮。那些海盜若正派人監視著，我們恐怕還來不及走進家門就會被發現。於是我們壓低腳步聲，頭也不回的趕路。

當我們好不容易衝進家門，把門鎖上的那一刻，這才真的鬆了一口氣。

我立刻拉上門閂，黑暗中只見船長的屍體，母親和我喘氣喘了好一會兒，母親點起了蠟燭，我們手牽手走到客廳。

船長依舊像剛才那樣，臉朝上，睜著雙眼，一邊的手伸得長長的躺在地上。

我在船長身旁跪下，想拿衣物箱的鑰匙。在他的手邊不遠處，有一張小紙片，其中一面塗黑，就是他所謂的「黑色通牒」，錯不了。

我撿起紙條一看，背面清楚的字跡寫著：「等你到今晚十點」。

門閂

插入裝設在門或門扉左右邊的金屬零件，讓門無法打開的橫木。

閂，音ㄕㄨㄢ。

就在這時候，老時鐘響了。我們嚇出一身冷汗，幸虧現在才六點。

我在屍體身上的口袋一個接著一個找，卻只找到少許零錢、**頂針**、線和很粗的針、香菸、刀、還有隨身型的**指南針**而已。

「也許掛在脖子上。」

母親這麼說，我雖然千百個不願意，還是勉強解開船長的衣領，鑰匙真的是綁條繩子掛在脖子上。我馬上取下鑰匙，走進船長位於二樓的房間。

打開衣物箱一看，最上層是仔細摺疊好的高級衣物。下面有**象限儀**、香菸、**手槍**、時鐘等物品，此外還有五、六個**西印度群島**的稀有貝殼。

頂針

縫紉時戴在手指上的皮質或金屬製殼狀物，用來保護手指免遭針刺傷。

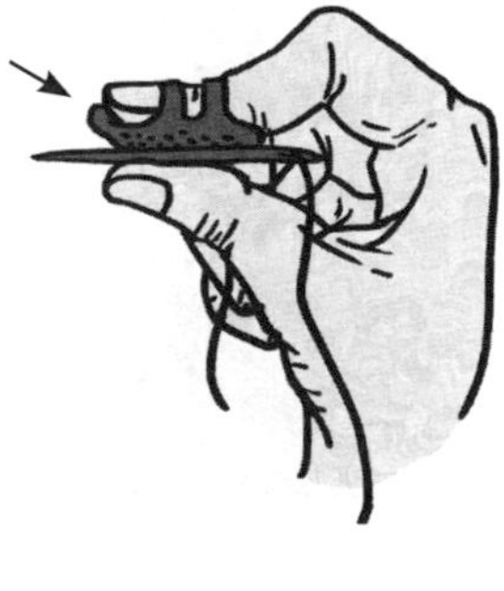

箱子最底部，有一疊文件用油布包起來，類似小包的東西，還有一個粗麻布袋。我摸了摸那個袋子，裡面發出了鏘瑯鏘瑯的錢幣聲。

母親說話了：

「要讓那些壞蛋知道，我是一個誠實的人。他欠我多少錢，我就拿回多少錢，剩下的一毛也不會多拿。」

我們數起袋子裡的錢，裡面混合了許多國家的各種錢幣：西班牙的**達布隆金幣**、**八印銀幣**、法國的**金路易**、英國的**幾尼金幣**以及其他我完全不認得的各種硬幣，全都混在一起，數起來非常麻煩又花時間。

母親勉強會算的也只有幾尼金幣，偏偏數量卻是最少的。

大約數到一半時，我聽見了那個盲人用拐杖敲著馬

指南針（第51頁）
利用磁石製的針會指向南與北的特性，製成測量方向的工具。是船或飛機等測量航向會用到的重要工具。

路的叩叩聲，擾亂了寂靜的空氣。我趕緊抓住母親的手臂，我們屏住呼吸不敢動，他越來越近，過不了多久就聽見用力敲打大門的聲音、轉動門把的聲音，門閂也喀噠喀噠作響。安靜了好一會兒，然後又響起叩叩聲，聲音越來越低，最後完全消失。

「媽，我們趕快帶著所有的錢逃走吧！」

門閂上鎖是有原因的，那盲人一定會領悟到這一點，過不久絕對會帶著同伴蜂擁而至。母親明明害怕卻還是很固執。

「我只拿他欠我們的金額，多了少了都不行，反正還有時間。」

就在這時候，遙遠的山丘那一帶，傳來了低沉的口哨聲，一定是那群壞蛋來了。

象限儀（第51頁）

又稱為四分儀。有九十度的刻度，扇形的觀測星象工具。由四分之一圓的金屬盤和望遠鏡所組合，用來測量星星或太陽的高度，或是航海中船隻的位置，一直使用到十八世紀末左右。

母親嚇得站起身。

「就拿已經數好的錢吧！」

我則拿走那個油布小包。

「不夠的份，就用這個來抵吧！」

來不及拿起的蠟燭就留在衣物箱旁，我們摸黑爬下樓梯，打開門拚命的逃。

霧正逐漸散去。幸運的是山谷的最深處和家門口附近，尚有未散開的薄霧掩護了我們。

才沒多久，便聽到好幾人跑過來的腳步聲。回頭一看，一抹亮光邊搖晃邊接近我們，這表示蜂擁而至的那群人當中，有一人帶著**煤油燈**。

母親突然開口道。

「吉姆，你帶著這些錢逃吧！我快喘不過氣了。」

手槍（第51頁）

當時的槍枝是從槍口填入火藥和子彈，用火石敲擊裝置上的金屬，引燃後發射子彈。射完一發便要再次填充才能使用。

死定了，我這麼想。幸運的是，我們已經來到小橋邊，我硬是拉著步履蹣跚的母親，好不容易才爬下堤防。

西印度群島（第51頁）

中美洲的東方海面上（加勒比海），從佛羅里達半島海面，延伸到南美委內瑞拉海面，長約三千公里，分布呈現弓狀，大小共計一萬兩千個島嶼。「西印度」之名來自第一個登上這裡的歐洲人哥倫布誤以為這裡是印度，故取名為西印度群島。（請參見卷頭地圖）

瞎子的末路

我雖然很害怕，同時也非常好奇。我坐立不安，爬上堤防躲在樹蔭後，窺探旅館那邊的情況。

敵人約有七、八個人，伴隨著紊亂的腳步聲跑來，其中有三人跑步時還手牽手，中間的人肯定是那個瞎子。

瞎子大叫道：

「把門砸了！」

「知道了！」

其中兩、三人回答道，隨即跑到房子旁，看到大門是敞開的，驚訝得杵在原地，不知如何是好。

瞎子再度憤怒的瘋狂大喊：

「衝進去！別慢吞吞的！」

四、五個人從大門衝了進去，過了一會兒，便傳來驚訝的叫聲：

「比爾死了！」

瞎子又再次大聲斥責：

「一群蠢蛋！快檢查屍體，其他人上二樓找箱子！」

我們家老舊的樓梯被踩得軋軋作響，隨即又聽見驚呼聲，接著是船長房間的窗戶啪啦一聲打開，玻璃應聲碎裂。

其中一個人在月光中探出頭和肩膀，朝站在樓下外面的瞎子大喊：

「皮尤，有人捷足先登了！這箱子從裡到外都被翻

達布隆金幣（第52頁）

十六世紀中期左右，在西班牙、拉丁美洲最先鑄造的金幣。

八印銀幣（第52頁）

在西班牙、拉丁美洲流通到十八世紀前半的銀幣。表面有「8R」（8Real）的記號代表金額。

過了。」

名叫皮尤的瞎子吼道：

「夫林特的地圖呢？」

「找不到！」

皮尤怒罵：

「樓下的人，找找地圖有沒有在比爾身上。」

樓下的人走到門口回報：

「比爾的身上早就被搜過了，什麼也沒剩。」

皮尤懊惱地踏腳。

「是那個臭小鬼幹的好事！早知道就該把他的眼珠挖出來！他應該才離開沒多久，剛才我要闖進來時，門是鎖上的。大家分頭去找！」

我們破舊的旅館被弄得一團糟，到處傳來慌亂的腳

金路易（第52頁）
十七世紀前半到十八世紀後半，在法國流通的金幣。起於路易十三世，並使用到路易十六世的時代，故名。

幾尼金幣（第52頁）
十七世紀後半到十九世紀初，在英國流通的金幣。一幾尼相當於二十一先令。

步聲還有推倒家具的聲音。

不過，一會兒之後，這群海盜便陸續走到外頭，異口同聲說道：

「翻遍了也沒看到人！」

這時候，剛才聽見的相同口哨聲響徹夜空，而且是非常清楚的兩聲，猜想是負責把風的人知會他們有危險的信號。

這群海盜議論紛紛：

「竟然響了兩次，還是快逃吧！」

皮尤怒吼道：

「逃？一群沒出息的傢伙！眼看可以得到幾百萬的財寶卻臨陣脫逃，說穿了，你們根本沒有膽子反抗比爾，才會找上我這個瞎子，要我把『黑色通牒』交給

煤油燈（第54頁）

四面鑲著玻璃的方形手提燈。金屬製，有點蠟燭的煤油燈，也有點浸油的布燈芯來照明的煤油燈。

他。難道現在我得為了你們，錯失送上門的幸運嗎？就要變成出入有馬車坐的上流人士，誰還想回去當個到處討蘭姆酒喝的窮鬼？」

他的同伴氣憤的反駁道：

「反正我們得到了達布隆金幣了！」

另一個人接著說：

「他可能把最值錢的東西藏了起來，不過皮尤，我們願意把**索維林金幣**分給你，拜託你不要站在那裡又哭又叫。」

皮尤越聽越火大，發瘋似的與同伴對罵了起來。

就在他們吵得不可開交時，奔馳的馬蹄聲從村子郊外的山丘那一帶傳來，同時還伴隨著槍聲。這群海盜嚇得四處竄逃，一溜煙就跑得不見蹤影。

索維林金幣

十六世紀前半到十八世紀，在英國流通的金幣。金幣上刻有聖喬治（三世紀末，一名英國的虔誠基督教教徒）的肖像。

最後只剩下皮尤留在原地。其他人不知是慌了手腳，還是對他感到氣憤，竟將他棄之不顧。

皮尤一如往常，一面用拐杖憤怒的敲打地面，一面在原地打轉。

「強尼！黑狗！達克！你們打算拋下我皮尤老爹嗎？」

正巧在這一刻，馬蹄聲也來到山丘頂端，月光下出現了四、五名騎士的身影，一轉眼即朝山丘中段衝刺。

皮尤放聲慘叫並拔腿就跑，但他太過驚慌失措，竟衝進率先下山的馬匹腳下。

騎士企圖拉住馬匹但為時已晚，皮尤慘叫一聲後就倒在地上，四匹馬也煞不住的踩踏、踢踹他的身體。皮尤就這樣倒地不起，一動也不動。

我從樹叢跳出來，叫住那群騎士。騎士也嚇了一跳，趕緊停下馬匹。

最後面的那位騎士是從村子出發去找利弗希醫生的年輕人，他在半路碰到這群**海關**的官員，於是聰明的先將他們帶來這裡。

皮尤已經氣絕身亡。

這群海關官員聽說有可疑的帆船停泊在海口，特地前來調查。

他們之中位階最高的是丹斯監察官。丹斯先生立刻驅馬直奔海口，但帆船早已收起**船錨**啟程。

我帶母親回到村子，讓她喝點冷水和服用鎮定劑冷靜一下，然後再跟著丹斯先生一起回到旅館，家裡被翻得面目全非。

丹斯先生見狀，驚訝的問我：

「吉姆，他們到底在找什麼？」

「他們應該是在找我胸前口袋裡的東西吧，我想找個安全的地方收這個小包。」

「假如你願意，交給我來保管吧？」

「我覺得應該交給利弗希醫生。」

海關（第61頁）
設立在港口、機場或國境邊界的政府機關，負責檢查進出口的人與物品是否符合出入國境的法定條件。

船錨
船隻停泊港口時，為了不讓船隻移動，繫在繩索或鎖鏈的尖端，沉進海底的鐵製或銅製重物。

「你說得對，這樣比較好。他是名值得信賴的紳士，也是治安法官。我打算繞去醫生那裡向他報告這件事，你也一起來吧！」

船長的文件

我們抵達利弗希醫生家，得知鎮上的地主崔洛尼先生邀請醫生去他家晚餐，醫生外出赴約了。

「那麼，我們就去地主先生家找他吧！」丹斯先生一聲令下，所有人便轉往就在附近的地主先生家。

來到地主氣派的豪宅並告知來由後，丹斯先生和我就被帶到牆邊擺滿書櫃的寬敞房間。

地主崔洛尼先生和利弗希醫生，分別拿著菸斗坐在燒得亮晃晃的暖爐兩側。

我從未如此近距離看過崔洛尼先生。他是身高近乎兩公尺的高個子，長得一副豪爽好漢的樣貌，由於經常出門旅行，膚色黝黑、身體健壯。看他的黑色眉毛不斷挑動，可想見他的個性非常急躁。
崔洛尼先生開口道：
「丹斯，進來吧！」
利弗希醫生也跟著說：
「晚安，丹斯。哦，吉姆也來了，到底是什麼風把你們吹來的呀？」
丹斯先生保持直立不動的姿勢，向他們報告了今晚所發生的事。
崔洛尼先生和醫生往前探出身子，甚至忘了抽菸，聚精會神的聆聽。
丹斯先生說完後，崔洛尼先生便這麼說：
「丹斯，你幹掉了那個卑鄙的壞蛋，太了不起了！吉姆．霍金斯，你也是個勇敢的孩子。」
利弗希醫生說道：
「對了，吉姆，你帶著他們在找的東西是嗎？」
「就是這個，醫生。」

我把那個油布包裹交給醫生。他拿在手上仔細端詳，似乎很想打開，最後還是收進上衣的口袋。

崔洛尼先生派人拿了啤酒給丹斯先生，我則是得到鴿肉派。我真是餓壞了，狼吞虎嚥很快就吃光了。

等丹斯先生離開後，醫生和崔洛尼先生異口同聲開口：

「對了，崔洛尼先生。」

「對了，利弗希老弟。」

醫生邊笑邊說：

「我們一個一個來吧！你聽過海盜夫林特吧？」

崔洛尼先生興奮的喊道：

「何止聽過！從來沒有一個海盜像他那麼殘酷。**黑鬍子**若和夫林特相比，簡直是小巫見大巫。我曾經在千

黑鬍子

十八世紀初，在西印度群島所在的加勒比海到處掠奪，歷史上真實存在的海盜愛德華．蒂奇，黑鬍子是他的綽號。

里達的海口，親眼遙望過他船上的船帆。」

「假如我口袋裡的這包東西就是夫林特埋藏寶藏的線索，你會怎麼辦？」

「假如真的是尋寶的線索，我會在布里斯托港準備好船，帶著你和吉姆一起踏上尋寶之路，即使花上一整年也無妨！」

「那麼，如果吉姆同意，我們就把這個東西打開來看看吧！」

我當然答應了。

醫生掏出那個小包，拿出醫用剪刀剪開。裡面有一本筆記本，還有密封好的一張紙。

「先從筆記本開始看吧！」

醫生打開了筆記本。

千里達

位於西印度群島中最南端的島嶼。十五世紀末，哥倫布抵達這裡後，便成為西班牙殖民地。十九世紀初成為英國殖民地，之後和鄰近的托巴哥島合併，一九六二年獨立，成為大英國協的一員。一九七六年改為千里達及托巴哥共和國。

也許是某人無聊打發時間，或是隨手練習，第一頁只有鉛筆亂畫一通的筆跡。

「沒什麼值得參考的。」

利弗希醫生這麼說，繼續往下翻。

接下來的十多頁，全是類似一般記帳本的紀錄，每一頁的兩端都記載著日期和金額。

不過，這兩端數字之間沒有任何說明文字，只有數量不同的十字記號。

這些紀錄持續了二十年，最後出現了總金額，並補充上「比利・龐斯的總財產」這行字。

崔洛尼先生興奮的大聲說：

「這是那個邪惡海盜的帳本！十字記號代表他們擊沉的船，或掠奪過的地方。金額是這個壞蛋分到的錢，想必是認為寫清楚比較好，才會特地註明。遭到攻擊的船隻，船上的人恐怕早已沉入大海，變成一堆白骨了吧？好，接下來換那張紙。」

醫生打開信封，一張小島的地圖飄了出來。

地圖上詳細記載著**經緯度**、海的深度、山脈與海灣的名字，以及將船隻安全停泊進港灣的注意事項。

小島長約十五公里，寬約八公里，形狀像一條肥胖的龍的站姿，陸地有兩個既深又理想的港口，中央的山脈取名為「望遠鏡山」。

有三個用紅墨水標示的十字特別醒目，西南方的記號旁，同樣用紅墨水寫著「大多數的寶藏埋在這裡」。這個字跡不同於船長東倒西歪的字跡，非常漂亮。地圖背面也有相同的字跡，記載著以下的說明：

從北北東，偏北**一格**，

望遠鏡山山肩上的大樹。

東南東稍微偏東，有**骷髏島**。

經度和緯度

表示地球上某個地點的座標。緯度是從赤道（請參考第112頁）往南北衡量間隔的度數。以赤道為零度，往南北各有九十度。經度是將子午線（銜接北極和南極的線）的位置以度數來表示。以通過英國格林威治天文台的子午線為零度，往東西各有一百八十度。

三公尺。

銀條藏在北邊的洞穴。東邊高地的斜面，面向黑色懸崖，往南十八公尺就能找到。

武器放在北邊海灣的北端，從東往四分之一格的**沙丘**，很容易就能找到。

J．F（夫林特姓名的第一個字母）

文字只有這些，我怎麼看也看不懂，但崔洛尼先生和利弗希醫生卻喜出望外。

「利弗希老弟，別再當什麼無聊的醫生了！我要去布里斯托港，三個星期之後——等一下，給我兩個星期就好——不了，給我十天，我一定會搞定一艘全英國最

一格（第69頁）
將指南針（羅盤）一周平分為三十二等分之後的角度，直角的八分之一，一一．二五度。

骷髏島（第69頁）
音ㄎㄨ ㄌㄡˊ，指已乾枯的屍骨。骷髏島是作者虛構的島名。

頂尖的船，還有精挑細選的船員。

吉姆，你當服務生，利弗希老弟當船醫，我就是隊長。我還會帶隨從雷卓斯、喬伊斯還有亨特一起去。只要船順風而行，我們就能輕易找到那座小島，得到數也數不盡的財寶！」

醫生也贊成。

「崔洛尼先生，我跟你去，吉姆也同行，他一定能派上用場。可是啊，有一個人不怎麼可靠。」

「是誰？」

崔洛尼先生大叫。

「快告訴我那個人的名字！」

「就是你。」

醫生答道。

沙丘（第70頁）

海岸或沙漠中，受到風吹所聚集而成的沙子山丘。高約五至二十公尺，往固定方向吹的風，會在沙子上形成美麗的圖案。

「你這個人無法守住祕密，要是一不小心說溜了嘴，讓別人知道就慘了。不只有我們知道這張地圖的存在，還有夫林特昔日的手下，為了得到金銀財寶，他們也會不顧後果，不惜犧牲性命來搶奪這張地圖。所以我們絕對不能把這張地圖的事說出去。」

「利弗希老弟，你說得很對，我一定會守口如瓶。」

第二部　船上的廚師

前往布里斯托

地主崔洛尼先生立刻動身前往布里斯托為出海做準備，然而這件事比原先預想的還要花時間。

利弗希醫生去了倫敦，尋找這趟旅行的期間可以幫他代班的醫生。

而我則留在地主家裡，興奮的等待出發的日子。

就這樣過了好幾個星期，某天，崔洛尼先生終於捎來一封信，收件人是利弗希醫生。

「利弗希醫生若不在，就請湯瑪士．雷卓斯，或是吉姆．霍金斯拆信。」

信封上註明了這段話。

利弗希老弟，我不知道你已經回到我家，還是滯留在倫敦，於是決定兩個地方都寄。

我已經買好船，準備工作告一段落，隨時都可以出航。我買了一艘很棒的**雙桅縱帆船**，重兩百噸，取名作「伊斯帕尼奥拉號」。

我借助老友布蘭德利的力量，才買到這艘船。他替我們安排得非常妥當。不只是他，布里斯托的居民聽說我們要去尋寶，每個人都很熱心的說要提供協助。

我想放棄讀這封信了。

（利弗希醫生看到這封信，肯定會很煩惱。崔洛尼先生果然沒有遵守約定，把尋寶的事說出去了。）

雙桅縱帆船
有兩至四根桅杆，掛縱帆的帆船。特徵是速度快，操縱容易。

信的後續是這樣寫的：

最傷腦筋的事，莫過於找船員。

我希望能湊齊二十人，但沒想到，我歷經千辛萬苦才找到六個人。後來，我很幸運的遇見了符合理想的人。當時我站在碼頭，因為機緣而和某個人聊了起來。

他曾經當過水手，目前開了一家小酒館，認識布里斯托的每一名水手。他正盤算著上船當廚師，想再出去航海。當天早上，他就是為了聞海潮的氣味，才來到碼頭。

我非常中意他，當場就決定僱用他當船上的廚師。大家都稱呼他為「大個子約翰．西爾法」。他只有一條腿，說是在海上為國戰鬥，身受重傷而失去了一條腿。

這個叫西爾法的人，很快在接下來的兩、三天內就幫我找齊了一群能幹的水手，他們雖然外表都不怎麼好看，但都是經驗豐富的老手。

我非常健康，生龍活虎，吃得跟公牛一樣多，夜晚酣睡如泥。好，我們一起出海吧！能否找到寶藏也無所謂了！現在最吸引我的，就是美妙的大海。

利弗希老弟，動作快！吉姆小朋友就跟著雷卓斯老爹，立刻到布里斯托來吧！

一七XX年，三月一日

於布里斯托，老租屋處

約翰．崔洛尼

備注一——有件事我忘了寫，我的朋友布蘭德利說，假如我們到八月底還沒回來，他會再派一艘船出海找我們。

他也幫我找好了一位優秀的船長。雖然個性有點頑固，其他方面無可挑剔。

此外，託西爾法的福，還找到一位非常能幹的副船長，名叫亞羅。

我還忘了寫一件事，西爾法是個有錢人。

我親自確認過了，西爾法有銀行存摺，提款金額從未超過存款金額。

他的妻子是位黑人，他出海時，妻子會替他打理小酒館。

看在你我這樣的單身漢眼中，西爾法出海是為了健康著想，也可能是想從妻子身邊逃離吧！

J．T

備注二——吉姆．霍金斯，你可以回母親那裡住一晚。

J．T

看完這封信，我非常激動。我們就要出發了！

隔天早上，我便和雷卓斯老爹去了「班波提督」一趟，見到精神百倍的母親。

崔洛尼先生替我們修好了房子，還重新漆了招牌，甚至僱用了一名少年來當幫手，以免我出海期間旅館的人手不夠。

當天晚上，我和母親一起度過。

隔天傍晚，我和母親在從小熟悉的海灣道別，和雷卓斯老爹一起搭上**公共馬車**。馬車搖搖晃晃，儘管晚風寒冷刺骨，我還是很快就睡著了。

當我醒來時已經是早上了，馬車停在大城市的一棟龐大建築物前。

雷卓斯老爹對我說：

「布里斯托到了，下車吧。」

公共馬車

收取固定車資，行駛固定路線，同時載運多人乘客的馬車。在十八世紀初的英國發展成一種連接主要都市的交通工具。

我們沿著港口往前走。

港口停著有各種形狀的帆，來自各個國家的大小船隻，數量多到數不清。有的船上水手們一面工作一面唱歌；有的船上水手們正將蜘蛛絲般的細繩索掛在很高很高的地方。

我從小就在海邊長大，卻也沒見過規模這麼大的港口，焦油和海潮的味道聞起來也不太一樣。這些船隻都是橫越了大海自遠方來到這裡的吧？還有許多水手意氣風發的走在路上。

我也和這群人一樣即將出海。乘著帆船，前往大海那一端不為人知的小島，尋找埋在島上的寶藏。

就在我做著快樂的白日夢時，我們抵達了一間大型的旅館，與崔洛尼先生會合。崔洛尼先生裝扮得就像高階船員，正要走出大門時看見了我，便大聲呼喊我們：「噢！你們來了！利弗希醫生昨天也從倫敦來到這裡。太好了！這麼一來，乘客全到齊了，我們明天就出發！」

在「望遠鏡酒館」

吃完早餐後，崔洛尼先生交給我一封信，交代我：

「把這封信送去給『望遠鏡酒館』的西爾法先生。那是一家小酒館，有一面黃銅製的大招牌，就在沿著碼頭的路上，你一定找得到。」

現在是碼頭一整天最忙碌的時刻，人車和貨物把碼頭擠得水洩不通。我穿梭在人群中，不久便找到那家小酒館。

那是一家別緻又小巧整潔的店，客人幾乎都是水手。他們拉開嗓門大聲交談，我有點害怕踏進去，在門口猶豫不決。

這時候，有一個人從隔壁房間走出來，我一眼就認出他是大個子西爾法。他的左腿被截斷到大腿根部，左邊腋下用拐杖撐著；他巧妙的控制拐杖，動作輕盈的像隻小鳥，滿場跑來跑去。

他非常高大強壯，臉像豬肉塊那麼大，看起來很聰明，臉上掛著笑容。他在桌子與桌子間穿梭自如，有時吹吹口哨，有時對客人開開玩笑，拍拍對方的肩膀。

坦白說，自從我看了崔洛尼先生的信，得知西爾法這號人物後，我就想著這個人該不會就是我在「班波提督」很長一段時間得留意是否上門的那名獨腳水手，內心感到非常害怕。

然而，如今只不過看了他一眼，我就放下了心中的大石頭。我看過老船長、黑狗、瞎子皮尤，自認為很了解海盜是什麼樣子。眼前這個人直率爽朗，跟他們截然不同。

我走到店老闆身旁問道：

「你就是西爾法先生吧？」

老闆點點頭。

「這是我的名字沒錯，你是誰？」

他看了崔洛尼先生的信，驚訝的大叫，然後伸出他大大的手緊握住我的手。

「原來你就是船上的服務生，你好！」

就在這時候，原本在房間的角落裡的一名客人忽然站起來快步離開。我很快就認出他是最早來到「班波提督」，臉色如蠟，少了兩根手指的那個人。

我大喊：

「快攔住他！他是海盜黑狗！」

西爾法也跟著大吼：

「什麼！竟敢來我的店！班，你快去追他！原來他混在這群酒友裡，摩根，你剛才跟他一起喝酒對不對？你過來。」

名叫摩根的男子，嘴裡**嚼著菸草**，提心吊膽的走上

嚼菸草

將菸草葉壓成緊實的小塊狀物，像嚼口香糖一樣咀嚼。

前面來。

西爾法嚴肅的問他：

「喂！摩根，那個叫黑狗的人，以前你沒見過吧？」

摩根舉手敬禮並說：

「從來沒見過。」

「我告訴你，湯姆．摩根，你撿回了一條小命。」

西爾法大吼。

「你給我聽清楚了！要是你敢和那種人來往，從今以後，我再也不准你踏入這家店一步，我問你，那傢伙跟你說了什麼？」

「這個嘛，其實我聽不懂啊，主人。」

摩根回答。

「你脖子上的東西，到底是大腦還是**三孔滑輪**？」

三孔滑輪

滑輪是利用槓桿原理，將有溝槽的輪子掛上繩索後旋轉的一種道具，不費力就能移動重物，拉船的繩索時會用到。滑輪側邊有三個孔洞，故名。

大個子西爾法怒吼道。

「聽不懂？真拿你沒轍！到底和誰說過話，你八成也答不出來。

喂！快說！那傢伙到底說了什麼？跟航海有關？還是哪個船長或者是船的事？快從實招來！他到底說了什麼？」

「他說了**鑽船底**的事。」

摩根回答。

「鑽船底？是嗎？這個話題很適合你啊！我說真的。你這個傻瓜，給我滾回去！」

摩根回到座位上，西爾法像是要討好我似的說：

「那個叫湯姆．摩根的傢伙是個老實人，不過有點笨。對了，你剛才說黑狗是吧？我啊，從來沒聽過這個

鑽船底

在船上的一種懲罰。用繩索綁住犯罪或破壞規則的人，於他的身上掛重物後，扔進海裡，若能鑽過船底游到船的另一側，就可無罪回到船上來，但大部分的人都會在過程中溺死，因此水手們都是聞之喪膽。

名字，只是覺得他很眼熟。我想起來了，他曾經和瞎子乞丐一起來過這裡。」

「就是他，錯不了。那個瞎子我也知道，他叫作皮尤。」

西爾法激動大叫：

「對！就是皮尤！嗯，他看起來就像個騙子。好，只要抓到那個叫黑狗的傢伙，崔洛尼隊長一定也會很開心。去追他的人叫作班，是個飛毛腿，一定能抓到他。」

黑狗的出現，讓我起了疑心，忍不住仔細觀察了西爾法。但西爾法思慮非常周全又聰明，我根本不是他的對手。

去追黑狗的人，氣喘吁吁的回到店裡，辯稱說他在人群裡追丟了。看西爾法憤怒的模樣，我不認為他在假裝。

他一臉苦惱的轉過頭來對我說：

「吉姆，這下子情況不妙了。要是崔洛尼隊長聽到這件事，一定會懷疑我。畢竟那群為非作歹的海盜曾經在我的店裡喝蘭姆酒。

吉姆，你幫我向隊長說情好不好？雖然你還是個小孩，但是你很靈敏，從你一踏進門我就看出來了。

話說回來，只有一條腿的我，又能怎麼辦呢？假如我還身強體壯，絕對能夠轉眼間就追上去，逮住那傢伙。」

西爾法忽然停了下來，彷彿想起什麼似的張開嘴。

「他白吃白喝！三杯蘭姆酒的錢飛了，可惡！」

他一屁股坐在椅子上並放聲大笑，笑到幾乎要流出淚來。我也被他逗樂了，兩個人笑了好久好久。

西爾法終於停止大笑，一邊擦眼淚一邊說：

「真是的，看來我也老了。吉姆，我想我們一定很合得來，但是我們沒空閒話家常，我得和你一起去向崔洛尼隊長報告這件事情，畢竟實在太嚴重了。」

我們沿著碼頭走，和西爾法在一起真的很快樂。我們經過各種船的時候，他會向我說明船帆的形狀、噸數、來自哪個國家，還有水手在忙的各種工作，內容生動

又精采。

我越來越覺得這個人將會是最棒的航海同伴，沒有人可以比得上他。

抵達旅館後，西爾法立刻向崔洛尼先生還有利弗希醫生從頭到尾詳盡報告剛才發生的事。

「就是這麼一回事，對吧？吉姆。」

西爾法有時候會向我確認，我也一一點頭回應。

「西爾法先生說得沒錯。」

語畢，崔洛尼先生開心的說道：

「雖然很遺憾讓黑狗逃掉，但也無可奈何。西爾法，你做得很好。」

西爾法像是放下了肩上重擔似的放鬆下來，拄著拐杖打算回家，崔洛尼先生從背後叫住他：

「今天下午四點以前，所有人都得上船喔！」

「我知道，主人。」

西爾法回去後，利弗希醫生這麼說：

「崔洛尼先生，對於你找來的人，我幾乎沒辦法信任，唯獨西爾法，我很喜歡他。接下來，我想帶吉姆去看船。」

崔洛尼先生用力點頭附和。

火藥與武器

伊斯帕尼奧拉號停在稍遠處的海上。

我們搭乘的小船，繞過許多船隻的**船頭裝飾雕像**和船尾前進，終於抵達了伊斯帕尼奧拉號。

上了**甲板**，副船長亞羅便出來迎接我們。他是名老水手，曬得一身黝黑，戴著**耳圈**，而且有**斜視**。

他和崔洛尼先生意氣相投，非常要好；要不了多久，我就發現到崔洛尼先生和船長之間，反而沒有這麼熱絡。

我們一走進船艙，一名水手就走上前來對我們說：

「斯摩萊特船長有話想告訴各位。」

水手離開後，換船長走進來並關上門。船長是個嚴肅的人，繃著臉像是對船上的所有事物都不滿意似的。

崔洛尼先生率先開口問道：

「船長，找我們有什麼事嗎？目前為止，所有事情都進行得很順利啊。」

船長乾脆的回答：

「我想，就算會遭到斥責，還是老實說出來比較好。我不喜歡這趟出航，也不喜歡這群水手和副船長。」

崔洛尼先生聽了非常生氣，說：

「難不成你連我這個雇主也看不順眼了？」

利弗希醫生打斷了他們的話。

「好了，先等一下，你問這種問題，只會把情況弄

火藥

施加熱能或力量就會爆炸的藥品。大砲或手槍的子彈，就是靠火藥的爆發力才能射到遠處。

船頭裝飾雕像

裝設在船頭的裝飾性雕刻，古時候多為女神或動物的雕像，有驅逐惡魔之意，現在則是裝飾之用。

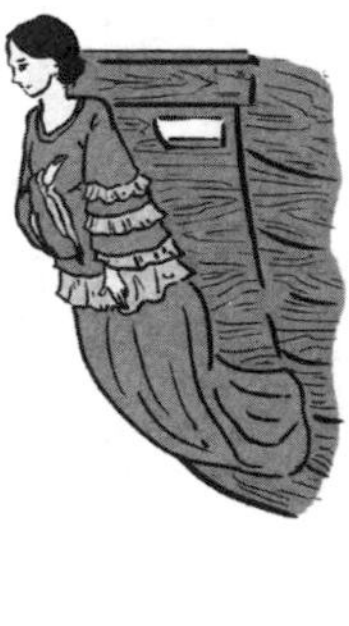

得更尷尬。我想請問船長，你說你不喜歡這趟出航，原因是什麼？」

「我受僱時接下了**封緘令**，只知道是要為了這位先生駕駛這艘船前往他指定的地方。

我對這些條件沒意見。但是我發現其他水手知道的事情比我還要多，這樣對我未免太不公平了吧？」

利弗希醫生點頭，說：

「的確不公平。」

船長繼續說：

「還有，我聽水手說我們要去尋寶。尋寶是一件很危險的工作，必須盡可能保密，偏偏大家都知道這個祕密。

我認為你們兩位搞不清楚自己的職責，這趟航海是

甲板（第94頁）

船體頂部寬敞的平面，通常會鋪設木板或鐵板，可供船上的工作人員或乘客行走。

攸關生死、驚險萬分的冒險啊！」

利弗希醫生答道：

「我很清楚，這的確是一件非常危險的工作，我們並沒有你想像得那麼無知。還有，你說不喜歡那些船員，他們明明很優秀啊！」

斯摩萊特船長反駁：

「我就是不喜歡，我比較希望是我親自挑選手下工作的人。」

醫生回答：

「或許由你挑選會比較好，但是崔洛尼先生這麼做並非看不起你；還有，你連亞羅也不滿意，是嗎？」

「他很優秀沒錯，但老是和那些水手混在一起，算不上是稱職的高階船員。做為一個副船長應嚴守自己的

耳圈（第94頁）

掛在耳垂，圓圈狀的裝飾品。當時的船員間非常流行，是祈求避免發生船難、避邪的護身符。也就是耳環。

立場，不該和一般水手一起飲酒作樂。」

「所以，你到底想怎麼做？」

「請你們讓我把話說下去。

那些水手把火藥和武器放在前艙，明明這個房間的下方有一個收納的好地方，為什麼要放進倉庫？

還有，你們要帶去的三名隨從聽說打算睡在前方的水手室，為什麼不讓他們睡在這間房隔壁的床鋪？」

「還有其他意見嗎？」

崔洛尼先生問道：

船長繼續說：

「還有一件事。就告訴你們我聽到的風聲吧！大家都說你們帶著某座小島的地圖，地圖上用十字標示著寶藏埋藏的地點。那座島的位置在——。」

斜視（第94頁）

由於移動眼珠的肌肉，無法左右平均控制力道，導致兩眼的視線無法朝看過去的方向維持平行。

封緘令（第96頁）

為了嚴守祕密，將寫上航海目的與地點的文件放入信封中封起，等船離開港口一段時間後才能打開閱讀的命令。

緘，音ㄐㄧㄢ，指書信。

他準確說出了小島的經緯度，崔洛尼先生大叫：

「這件事我沒有告訴任何人！利弗希老弟，一定是你或吉姆說出去的！」

醫生立刻回他：

「問題不在這裡吧。」

崔洛尼先生說他沒有告訴任何人，看來醫生並不相信他的說詞。我和醫生也有同感。事實上，崔洛尼先生確實是一個沒心眼又多嘴的人。

船長又繼續：

「我不知道那張地圖在誰的身上。但是，我想把醜話先說在前頭，地圖在誰身上這件事，絕對不能讓我和其他人知道，否則我就退出這個團隊。」

醫生點點頭。

「原來如此，你的期望是隱瞞問題，把船的後半部——也就是這裡當作防守的要塞，將三名隨從留在身邊，所有的武器和火藥都集中放在這裡，沒錯吧？換句話說，你害怕有人叛變。」

船長答道：

「醫生，恕我直言，任何一名船長，如果掌握到這麼多又具體的證據，絕對不可能出這趟海的。組員裡也有幾個老實人。不對，也許所有人都很老實。可是我有責任保護所有船上人員的安全，所以我想謹慎一點，小心行事。

如果你們不答應我的要求，那我就下船。就這麼簡單。」

醫生面帶微笑說道：

「船長，你似乎有點杞人憂天了。不過，你想說的我都明白，看來你踏進這房間之前，早就作好心理準備了。」

「你很明理，而我也早就作好被開除的心理準備了。」

崔洛尼先生大吼：

「要不是利弗希老弟在，我早就把你攆出去了！好，我忍住，就答應你的要求吧。可是我要說，你真是越來越令我討厭！」

「你要討厭我是你的自由，我只是盡自己該盡的義務。」

船長走出了房間。

利弗希醫生對崔洛尼先生說：

「崔洛尼先生，這件事出乎我們的意料之外。但是這麼一來，我們就能明確知道這艘船上有兩個老實人，就是船長和西爾法。」

「西爾法很好，可是我受不了那個船長。」

「遲早你會明白的。」

我們再度來到甲板，「唷——嗬——嗬——！」水手們邊搬運武器和火藥，邊出聲吆喝，指揮他們的正是船長。

這時候，西爾法搭著**舢舨**抵達船隻，並像猴子般迅速爬上船，看到船上的情況訝異的問：

「你們在做什麼？」

舢舨
音ㄕㄢ ㄅㄢˇ。一種簡便的平底小船，專門往來於大型船隻和陸地之間，接泊乘客或載運貨物。

一名水手回答：
「我們在更換放置火藥的地方。」
「什麼？換了地方，這樣明天早上就沒辦法乘著海潮出航啊！」
船長開口，嚴厲的說道：
「這是我的命令，你到下面煮飯去！大家早就想吃晚餐了！」
「是，我知道了。」
西爾法舉手輕輕撫了他的劉海算是向船長敬禮，隨即消失在廚房裡。醫生目送他離開。
「他是一個了不起的人，船長。」
「可能吧。」
船長答道，發現我盯著水手搬運很長的**九磅砲**，便

九磅砲
能夠射擊九磅（約四公斤）重子彈的大砲。當時的大砲是利用火藥的爆發力來發射砲彈，但砲彈本身不會爆炸。

厲聲大吼：

「喂！小子，快讓開！去廚房幫忙！」

我趕緊拔腿就跑，還聽到船長放聲對醫生說：

「在船上，我不會對任何人偏心！」

我也跟崔洛尼先生一樣，討厭起船長了。

出航

黎明來臨前，船收起了錨。

我徹夜工作，疲憊不堪，但從未見過的景象仍然深深吸引住我，讓我無法離開甲板。所有水手都遵從船長清楚的指令，敏捷的行動。

「喂！ＢＢＱ老爹，唱首歌來聽聽吧！就唱那首懷念的老歌。」

有人大喊道，拄著拐杖站立的西爾法立刻答應，既不遲疑也不抱怨，馬上唱起我也很熟悉的那首歌：

「死人的箱子裝財寶，已有十五個人來找。」

水手們也一起唱和：

「喝吧喝吧盡情喝，喲呵喲呵喲呵呵。」

我彷彿聽見這個大合唱裡，夾雜著那名死在「班波提督」的老船長的聲音。

不久，船錨已完全拉起並掛在船頭，水珠不停滴落。隨後，船帆乘著風鼓起，兩側的陸地和船隻往後飛去，伊斯帕尼奧拉號正啟程前往金銀島。

關於這趟啟航，詳情我不贅述，總之非常順利。這艘船的船體非常堅固，所有船員都很能幹，船長確實是有能力可達成任務。

不過，抵達小島之前，發生了兩、三件值得記錄的小插曲。

首先是副船長亞羅，他很快的被看出實力水準，且比船長原本擔憂的還要糟糕。他缺乏魄力，完全叫不動其他水手，所有人都不聽他的話，各做各的。

BBQ

原本指的是烤全豬，現在意指在野外燒烤的肉類。在本書中是西爾法的綽號。

他的缺點還不只這一項。出海後沒過幾天，他來到甲板時就出現了眼神矇朧、紅著雙頰、口齒不清等酒鬼的特徵。

他並沒有扮演好高階船員的角色，不僅帶給底下的水手不良影響，再繼續這樣下去，恐怕要不了多久就會丟了自己的性命。

果然，某個波濤洶湧的暗夜，他忽然就消失了蹤影，再也沒有出現，沒有人感到驚訝，甚至不覺得悲傷。

「他掉進海裡了。」

船長這麼說。

可是少了副船長還是有諸多不便，必須從船員中挑選一人，升他擔任副船長。

水手長喬布·安德森是這艘船上最合適的人選，於是保留他水手長的稱謂，同時兼任副船長的職務。

崔洛尼先生有跑船的經驗，風平浪靜時，他時常去**值班**，他豐富的知識幫了很大的忙。

此外，**舵手**伊斯雷爾・漢茲，是一名個性謹慎，經驗豐富的資深水手。在緊要關頭時，任何事都交給他準沒錯。

西爾法也是老練的水手。在船上時，他都將枴杖用繩子繫起來掛在脖子上，好空出雙手自由運用。他還可以一面用枴杖前端抵著牆來支撐身體，一面配合船隻的搖動來保持平衡，即使在船上也能像在陸地上一樣站得穩穩的，並以精湛廚藝做出許多美味菜餚，實在了不起。

他在海象極差時走過甲板的模樣，更令人嘆為觀止。他先在甲板的兩端綁好一條繩索，再沿著繩索像普通人一樣，從這一頭迅速移動到另一頭。

舵手漢茲曾經對我說：

值班

商船或軍艦上，除了平常的工作，還得輪班到外面監看海上的狀況。一般來說，每四小時換一班。

舵手

負責操縱船舵以控制船隻的前進方向，也叫掌舵人。

「那個綽號叫ＢＢＱ老爹的西爾法不是個簡單人物。他年輕時上過好學校，只要他拿出真本事，絕對能出口成章。

不過，他真正厲害的地方，是力大無窮，連獅子也打不過他。我親眼看過他和四個人扭打成一團，他竟然能抓起那四人一把摔出去呢！」

水手們對西爾法都畢恭畢敬。西爾法和任何人都能聊，把每一個人都照顧得無微不至。

他對我也很親切，我去廚房的時候，他總是開心的歡迎我。廚房打掃得一塵不染，放在角落的鳥籠裡，養著一隻**鸚鵡**。

「吉姆，你來啦，陪我聊天吧！我最喜歡你來找我。這隻鸚鵡叫『夫林特船長』，是我替牠取了這個知

鸚鵡
原產於熱帶，鸚鵡科的大型鳥類。由於能夠學人類說話，常被當作寵物飼養。

名海盜的名字，對不對啊？船長。」

他話才說完，鸚鵡就像連珠炮似的說著：「八印銀幣！八印銀幣！」

西爾法用手帕把鳥籠蓋起來。

「鸚鵡非常長壽，這隻大約有兩百歲，除了惡魔，恐怕沒有人像牠一樣，看過這麼多邪惡的事物。牠甚至和**英格蘭**，也就是大海盜英格蘭船長一起航海過呢！

牠也去過非洲、印度還有美國，見過裝滿銀子的沉船被打撈上岸。

牠剛才說的『八印銀幣』就是當時學會的字；畢竟那艘船上有三十五萬枚銀幣，也難怪牠會記住。牠還見識過無數次火併的場面，真是可愛的傢伙。」

英格蘭
十八世紀前半，掠奪西印度群島的英國知名海盜，愛德華．英格蘭。

西爾法從口袋裡掏出糖塊餵牠。那時候的我心想，世上再也找不到像他這樣的好人了。

另一方面，崔洛尼先生和斯摩萊特船長仍舊處得不融洽。崔洛尼先生毫不掩飾的擺出瞧不起船長的態度，船長則是除非崔洛尼先生找他說話，否則絕不會主動開口。

我們也曾遇上暴風雨，所幸伊斯帕尼奧拉號毫髮無傷。

船員們都很滿意這趟出航。正確的說，他們不滿意才奇怪。崔洛尼先生動不動就找理由請大家喝蘭姆酒；中段甲板上的蘋果桶蓋子是打開的，想吃的人隨時可以去拿。

對於這一點，船長也曾向崔洛尼先生抱怨：

「你把這些水手都寵壞了，他們早晚會得意忘形，讓你無法控制。」

直到後來才知道，蘋果桶替我們帶來了幸運。假如沒有那個蘋果桶，我們所有人恐怕都會慘遭殺害。

事情是這樣的。

至今，這艘船都是乘著**信風**朝**赤道**前進，並以目的地小島的上風處為目標。

——我只知道這些，他們沒告訴我更詳細的事情。

船上的人們不分晝夜認真觀察海上的狀況，船隻也駛離赤道往小島前進。

算算我們在海上花的時間，差不多也該到了這趟航海去程的最後一天。再怎麼慢，也應該在這一天晚上，最慢隔天中午以前就能看見金銀島了。

伊斯帕尼奧拉號上方和下方的帆，都被風吹得鼓鼓的。所有人都幹勁十足，我們的冒險序幕，再過不久就要結束了。

太陽下山後不久，我也忙完了工作，正打算回床鋪

信風

以赤道為界，從南方和北方朝著赤道吹的風。由於一整年規律的吹，有利於帆船的航海。過去的貿易船會利用這種風來航行，故又稱「貿易風」。

去，只是忽然很想吃蘋果，便跑上甲板。

我跳進桶子裡一看，蘋果幾乎都吃光了。坐在昏暗的桶子裡，聽著浪濤的聲音，身體隨著船搖擺，我不知不覺打起了瞌睡。

這時候，忽然有人一屁股在桶子旁邊坐下，還把沉甸甸的身體靠在桶子上。桶子搖來晃去，我嚇了一跳想站起來時，那個人就開口說話了。

是西爾法的聲音。而且，我只聽了一小段他說的話，立刻決定無論發生什麼事，都不能離開這個桶子。

我懷著無法言喻的恐懼，以及想聽對方說什麼的好奇心，一面發抖一面豎起耳朵聆聽。因為我很清楚，這艘船上所有老實人的性命都掌握在我的手上。

赤道

將地球表面距離南北極相同距離的點，銜接起來的線。以這條線為零度，南北極分別是九十度，地球上的某個地點，距離赤道往北多遠，或是往南多遠，則用緯度來表示。

（請參考第69頁）

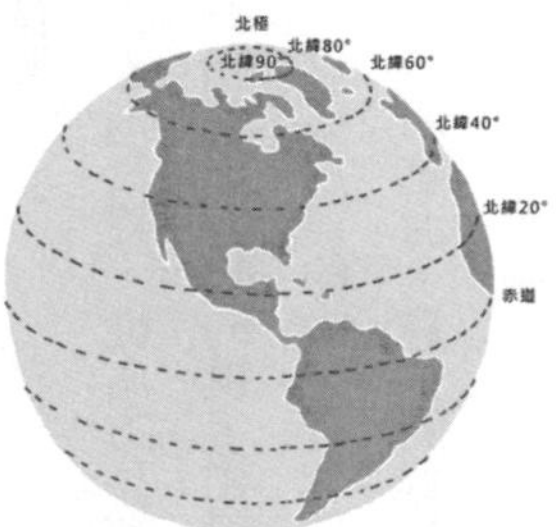

在蘋果桶中聽到的話

西爾法的聲音這麼說：

「話說啊，那艘船的船長是夫林特，我是舵手。我會失去一條腿，皮尤那傢伙會失明，都是在那場戰鬥中敵方猛烈掃射下受的傷。那艘船可說是歷經浴血奮戰、血跡斑斑，不過啊，搶來的金幣也多到差點讓船沉到海底呢！」

「夫林特真是最厲害的海盜！」

佩服得大叫的人，是船上最年輕的水手。

西爾法溫柔的對他說：

「你年紀雖輕，但是很機伶，我一眼就看出來你是個聰明的孩子，讓我們做成熟的大人，好好聊聊吧！」

西爾法這個邪惡的混帳老頭，竟然把對我說的稱讚原封不動的用在別人身上。我好生氣，恨不得從桶子裡跳出來揍死他。

可是西爾法並不知道我在偷聽，繼續往下說：

「水手也能夠是富有的紳士。在海上做著要賣命的工作，回到陸地吃飽喝足後，再出海一趟就能賺進幾百英鎊。不過呢，絕大多數的水手，都把錢拿去買蘭姆酒和玩樂，窮到只剩身上的襯衫時才再出海賺錢。

我就不一樣，我把錢都存起來，而且我會分散在不同地方，這裡存一點、那裡存一點，免得遭人懷疑。我已經五十歲了，等這趟航海結束，就要洗手不幹，當個體面的紳士。想當年本大爺也像你一樣，只是個小水手而已。」

「原來如此。可是，你過去所存的錢八成不能去領了吧。幹完這次的事，很可能也回不了布里斯托。」

西爾法訕笑道：

「我才不會那麼粗心呢！這艘船收起船錨的同時，我老婆早就去提出存款，遠走他鄉了。我們已經約好，日後在某個地方碰面。對了，我先聲明，我沒有吹牛，也不擺架子，跟任何人都相處得很好，你也知道吧？早年我在那艘船當舵手時，跟著夫林特船長那群海盜四海闖蕩，可不是這樣乖得像綿羊似的呢。嗯，既然你上了我西爾法老爹的船，可要好好拿出幹勁來！」

「過去我對這份工作不怎麼感興趣，現在聽了你這番話，我開始喜歡上這份工作了！」

「了不起，年輕人，你很明白事理嘛！」

西爾法似乎很用力的握了年輕人的手，那力道把蘋果桶震動得喀噠喀噠響。

這下我終於聽懂他們的談話內容。西爾法拉攏老實的水手，要他加入叛變行動。

西爾法吹了一聲口哨，立刻有人走過來坐到他們身旁。

西爾法說：

「迪克已經是我們的同伴了。」

「嗯，我早就說他會加入我們的嘛。」

是舵手漢茲的聲音。漢茲繼續說：

「迪克是個聰明人啊。不過啊，西爾法，我想問你一件事，我們到底要對他們鞠躬哈腰到什麼時候？我忍受不了那個斯摩萊特船長，老是使喚我。」

「漢茲，你怎麼還是這麼笨啊！你給我聽好，除非我下令，否則不准你輕舉妄動。」

「我不是不等了，只是想知道到底什麼時候要採取行動？」

「我們要等到最後關頭再行動。你搞清楚，能幹的斯摩萊特船長正在替我們駕船；而地圖則是在地主或醫生的手上。所以呢，我們的計畫就是讓他們去尋寶，找到後搬上船，等回程航行超過一半後，再動手幹掉他們。」

「可是我們自己也可以駕駛這艘船啊！」

年輕的迪克一插嘴，西爾法立刻反駁：

「單單駕船當然沒問題，問題在於決定航路。讓斯摩萊特船長駕駛這艘船，開到安全的地方，就能避免走錯航路，陷入一天只能喝一口水的窘境。我明白你們難以忍受，所以呢，我答應你們——雖然這不是一個聰明的辦法，總之至少等他們把金銀財寶搬上船，我們就在島上幹掉他們吧！真是的，和你們一起工作，我得多費好多心思啊。」

迪克又插嘴了：

「問題是，你打算怎麼做掉他們？」

西爾法興奮的大叫：

「我喜歡你這個問題！談工作就應該是這種態度！如果是你，會怎麼做？把他們**流放**孤島嗎？這是英格蘭的手法；還是像切豬肉一樣把他們大卸八塊？這是

流放
昔日的一種刑罰，將犯罪或破壞規則的人丟到遠方的島嶼或土地上，任其自生自滅。

夫林特、比利・龐斯他們的手法。」

漢茲說：

「比利總是說『死人不會咬人』。」

「我是個君子，和夫林特他們不一樣，不過這次我打算殺光他們，否則將來我當上**國會議員**，搭乘馬車四處奔走時，他們活著來找我，我可就吃不完兜著走了。

我剛才說過要等到最後關頭再行動，總之等時機成熟，我們就放手一搏！」

西爾法稍微停頓了一下，又補充了一些話。

「迪克，拿一顆蘋果給我，我口渴了。」

我嚇得全身發抖，好想跳出去拔腿就逃，無奈手腳不聽使喚。當迪克要站起來的時候，我聽見了漢茲的聲音，說：

國會議員

由國民票選，決定國家政治措施的人。英國的國會議員分為貴族院（上議院）和平民院（下議院），只有平民院才能讓一般人透過選舉成為國會議員。

「還吃什麼蘋果呢？不如來一杯蘭姆酒吧！」

西爾法答道：

「迪克，我給你酒庫的鑰匙，拿杯子去盛酒過來吧！」

我鬆了一口氣，但身體依舊抖個不停。

迪克離開後，漢茲壓低聲音說：

「應該沒有別人會向我們靠攏了。」

我心想，這意味著船上還有忠心耿耿的水手。

不久，迪克回來了。他們三人輪流共飲一杯酒。

西爾法像在唱歌似的愉快說道：

「為了我們自己，一定要認真幹活！寶藏多多，食物多多！」

就在這時候，亮光射進了木桶裡。我抬頭看，發現月亮爬上天空，躲在船帆後面散發白色光芒。

幾乎同一時刻，也傳來了負責監看海面的水手呼喊著：「看見陸地了！」

作戰會議

一大群人在甲板上奔跑的聲音傳來。

我迅速爬出木桶，先躲在前方桅杆船帆的暗處，接著繞一圈回到船尾，再跑到甲板上，崔洛尼先生的隨從亨特和利弗希醫生正巧也要趕往船頭，我便趁機加入他們。

大家早已聚集在船頭。直到剛才，四周都是濃霧籠罩，隨著月亮升上天空，霧也散了。

西南方約三公里遠之處，出現兩座較低的山，後面有第三座較高的山，山頂仍舊有霧包圍。三座山都是險峻的**圓錐狀**。

我看著眼前的景色，感覺像在做夢。我還沒有擺脫剛才的恐懼。

斯摩萊特船長下令改變船隻航行的方向。

船長大聲對著水手問：

「你們當中有沒有誰看過那座島？」

西爾法開口道：

「我知道。從前我在商船上擔任廚師時，曾去那裡取水。」

「應該可以把船停在南方離島的山陰吧。」

「是的，沒錯。那座小島叫作『骷髏島』，原本是海盜的據點，小島的名字就是他們取的。最北邊的山叫**前桅**山，往南邊的兩座山，分別叫作主桅山和後桅山。主桅山的別名叫『望遠鏡山』。

圓錐狀（第121頁）

底部呈現圓形且平坦，越往上越細的立體形狀。

前桅

有三根桅杆的帆船，最靠近船頭的桅杆就是前桅。

（請參考第130頁的插圖）

海盜在維修船隻時，都會派人在那裡監看遠方。」

「這裡有地圖，你確認一下。」

船長遞出地圖。

西爾法的雙眼有如火焰般發亮。但是，地圖的紙張很新，他一眼就看出這是**謄本**，顯得很失望。

這張地圖並不是我們在比利・龐斯的衣物箱中找到的那張，而是重新描過的謄本，雖然正確也標示出地名、高度和水深，但沒有紅色的十字記號，也省去說明的文字。

西爾法肯定很不甘心且非常憤怒，卻還是若無其事的說道：

「就是這座島沒錯。這張地圖畫得好清楚，不知道是誰畫的？海盜不可能這麼聰明。」

謄本
謄，音ㄊㄥˊ，複寫、抄寫的意思。謄本即抄寫的版本。

「謝謝你，之後還要再向你討教呢。」

西爾法知道這座島，我很訝異他竟然沒有隱瞞這件事，真是大膽。

出乎意料的是，西爾法朝向我走過來，我嚇出一身冷汗。他應該不知道我躲在木桶裡偷聽，可是當他把手放在我的肩膀上時，我還是不由得全身顫抖。

「吉姆，那座小島是個很棒的地方，特別是對年輕人來說，可以玩水爬樹，還可以獵山羊。

我相信你一定可以像山羊一樣，活蹦亂跳爬上那座山。不對，連我都覺得自己變年輕了，幾乎要忘記我這條腿得要靠拐杖才能行走。」

西爾法拍了拍我的肩膀，然後就一蹦一蹦跳到下層船艙去了。

船長、崔洛尼先生和利弗希醫生，三人在後方甲板談話。

我好想把我在木桶中偷聽到的話趕緊告訴他們，但在眾目睽睽之下，實在不方便插話。

正當我心急如焚想找藉口插話時，利弗希醫生叫了我。

「吉姆，我把菸斗忘在船艙裡，去幫我拿來好嗎？」

我靠近醫生，壓低聲音避免讓其他兩人聽到。

「醫生，我有話想告訴你。請你和船長、崔洛尼先生下到船艙，然後找個藉口把我叫過去，我要告訴你們一件很可怕的事。」

醫生先是有點驚訝，馬上恢復冷靜大聲說道：

「謝謝你，吉姆。我想問的已經問完了。」

他假裝找我問話，立刻轉頭加入其他兩人的談話。

他們三人又聊了好一會兒，沒有誰露出驚訝的神情，但醫生確實轉告了我剛才說的話。

不久後，船長把所有船員召集到甲板上。

「各位，你們現在看見的那座島，就是我們的目的地。

如各位所知，崔洛尼先生是個大方的人，看到各位賣命工作，他要請各位喝酒做為慰勞。

崔洛尼先生、醫生還有我會下去船艙喝酒，祈求各位健康與幸運，我希望你們也同樣為我們祈禱。假如各位心存感激，就大聲為崔洛尼先生歡呼吧！」眾人呼喊著萬歲，而且是出自真心的吶喊。我怎麼也不敢相信，這些人竟然策畫要殺了我們。

西爾法接著說：

「為了斯摩萊特船長，我們再呼喊一次萬歲吧！」

氣勢十足的歡聲再度響起。當大家停止後，崔洛尼先生、醫生、還有船長就先下樓，不久後便召喚我到樓下去。

我前往船艙，他們三人圍著桌子坐著。醫生不停抽著菸斗，顯示他心煩氣躁。

崔洛尼先生先開口了：

「吉姆，你找我們要說什麼？」

我把西爾法他們的談話從頭到尾簡單扼要的告訴他們。三人只是沉默不語，一動也不動的注視著我。

我說完後，利弗希醫生說道：

「吉姆，你先坐下。」

接著，他替我斟了一杯葡萄酒，還給我多到幾乎要溢出手心的葡萄乾。三人輪流稱讚我的幸運和勇氣，然後一起乾杯。

崔洛尼先生回頭對船長說：

「船長，你才是對的，我錯了，今後我會服從你的命令。」

船長回答：

「我也是笨蛋，船員若企圖叛變，夠機警的船長應該要能看穿，看來那些傢伙個個都比我高明。」

醫生接著說：

「船長，這都是由於西爾法本事高強啊！他是一個邪惡無比的傢伙。」

「這傢伙最適合吊在**帆桁**上處罰。不過，現在說這些話也無濟於事。我有兩、三個想法，假如崔洛尼先生答應，我就說出來大家討論看看。」

崔洛尼先生坦率的說：

「你是船長，你當然有資格先提出意見。」

「那我就說了。首先，我們必須按照原訂計畫繼續前進。若是改變航向，他們一定會立刻造反。

第二，我們還有時間。至少在找到寶藏之前，他們不會動手。

第三，船上應該還有忠心的水手。既然遲早一定會開戰，我們必須乘隙而入，逮住機會策動那些還有良心的水手。

崔洛尼先生，可以指望你的隨從協助我們嗎？」

「他們和我一樣可靠。」

「那麼，那三個人加上吉姆，我們一共有七個人。對了，目前還不清楚有哪些水手是效忠我們，只能

帆桁（第127頁）

桁，音ㄏㄥˊ。橫跨在桅杆上，用來撐起船帆的木材。（請參考第130頁上方的插圖）

先假裝若無其事，並提高警覺持續觀察，直到說服對方成為我們的同夥，除此之外別無他法。」

醫生說：

「吉姆是最佳人選，沒有人比他更合適。他們不會對吉姆起疑心，而吉姆也很機敏。」

「吉姆，萬事拜託了！」

崔洛尼先生補上這句話。

他們這番話，反而讓我很不安。

意想不到的是，接二連三發生了奇妙的事件，由於這個緣故，最後拯救大家免於一死的人，竟然就是我。

不過，那都是後來才發生的事。在這個當下，這艘船上的二十六人當中，我們這一方終究只有七個人。而且，這七人當中有一個小孩子，換句話說，敵人有十九人，但我方僅有六個大人。

帆船各部位的名稱

桅杆圖

1前桅　2前中桅　3前上桅　4主桅　5主中桅　6主上桅

7後桅　8後中桅　9後上桅　10後縱帆桁　11後縱帆斜桁

12艏艛甲板　13船首斜桅　14帆桁　15牽索　16桅頂

船帆圖

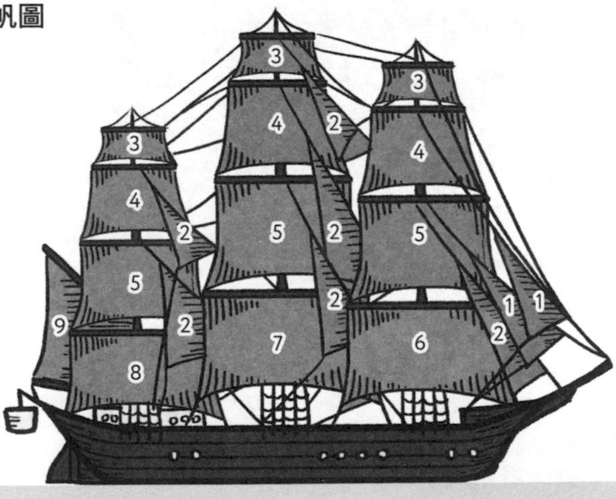

1三角帆　2支索帆　3主頂桅支索帆　4上桅支索帆　5中桅帆

6前桅帆　7主帆　8後桅下桁帆　9後縱帆

第三部　陸地上的冒險

冒險的開端

隔天早上，我來到甲板，船就停在小島平靜的東岸外海，東南方約七、八百公尺處。

整座小島幾乎被灰色的森林覆蓋。不同的顏色就只有海岸邊若隱若現的黃色沙地，以及四處可見從低矮森林中突出的深綠色大樹。

三座山的表面暴露著凹凸不平的岩石，而且全是奇形怪狀的石頭。

歷經漫長的航海，終於抵達目的地，應該要開心才對，可是我的心情卻變得好憂鬱。

無風，只好放下幾艘小船，讓小船拉著船隻駛進狹窄的水路，停在骷髏島背後的停泊處。

到昨天為止，這群水手都還敏捷認真的幹活，可是自從看到小島後，就逐漸不遵守紀律了。

船隻行駛在狹窄的水路時，西爾法就站在舵手身邊下指令。他對這條水路熟門熟路，一點也不猶豫。

船隻在地圖上標示船錨記號的地方放下船錨。這裡位於本島和骷髏島之間，距離兩邊的海岸分別有五百公尺左右。

水底是乾淨的沙子。船錨投入水裡的聲音，讓鳥兒像雲一般散開，在森林上空飛舞鳴叫。但不到一分鐘，鳥兒又飛下來，四周又恢復一片寂靜。

茂密的森林一直延伸到水邊的陸地。距離海岸不遠處應該有棟木造的建築物，不過我從大船上完全看不到。

這裡沒有風，四周有淤塞的氣味，那是浸在水裡的葉子和樹幹腐爛的味道。

利弗希醫生頻頻嗅著空氣，開口說：

「我不知道小島上有沒有寶藏，但肯定有**熱病**。」

所有水手返回大船之後，態度都變得相當差。他們躺在甲板的各處，喃喃討論著什麼。若對他們發號施令，他們就會板起一張臉，隨便應付一下。叛變的時機，猶如積雨雲在船上逐漸醞釀。

感受到這股危機的，不只有我們這些後方船艙的人。

西爾法穿梭在水手之間，忙著安撫他們。他工作得非常起勁，無論交代他任何事，他都會開朗的答說「沒問題，沒問題」，還會一首接一首的唱歌，企圖掩飾險惡的氣氛。

不過，西爾法這麼體貼入微的態度，跟其他人耍脾氣的模樣比起來反而更噁心。

我們聚集在船艙開會。

熱病

體溫會異常升高的疾病總稱。包括瘧疾、斑疹傷寒、猩紅熱、肺炎等，會伴隨高燒。除此之外還會有頭痛、噁心、食慾不振、失眠、說夢話等症狀。

船長說：

「看樣子，他們只要一聲令下，馬上就會展開攻擊。不過，西爾法倒是盡可能安撫水手，要他們別輕舉妄動。

到目前為止，他們的牢騷還沒什麼大不了。西爾法只要逮到機會，就會好聲勸著他們。

所以，我們就允許水手上岸，製造機會給他們吧！等他們都上岸了，我們就可以把這艘船當作**要塞**，和他們對抗。」

事情就這麼說定了。船長他們將填好子彈的手槍分配給可以信賴的幾個人帶在身上。

我們把內情告訴崔洛尼先生的隨從亨特、喬伊斯還有雷卓斯老爹，出乎意料的是，他們並沒有特別驚

要塞

一般指的是防止敵人攻擊，軍事用途的建築物。建造在國境、海岸等重要場所，四周有堅固的圍牆包圍，內部配置了許多士兵及各種武器，可以長期駐守。

訝，而是十分亢奮。

接著，船長走到甲板對水手們說：

「各位，今天很熱，大家都沒什麼精神，我想讓你們上岸一趟也不錯，想上岸的人就去吧！我會在日落的三十分鐘前，發射大砲當作信號，請大家聽到砲聲就要回到船上。」

這群傻瓜一定是認為上了岸就會被多到不行的寶藏絆倒，甚至為黃金跌斷脛骨，於是立刻轉怒為喜，大呼萬歲。

船長很聰明，宣布要西爾法帶領要上岸的人之後，便馬上下樓了。

船長這麼做很正確。如果他留在甲板上，恐怕沒辦法假裝不知道現場的情況。任誰看了都知道，現在西爾法才是船長，他的下面集結了強大的叛變水手團。

最後，只有六個人留在大船上，剩下的十三人包括西爾法，全都移往小船。

看著這副景象，我忽然想到一件事。

既然只有六人留在大船上，和他們打起來也絕對沒有勝算；但是敵人只有區區六個人，就算我不留在船上，也不會造成什麼麻煩。既然如此，不如和其他人一起上岸去看看。

於是，我馬上滑下船舷，跳上最靠近的一艘小船。我跳上小船的同時，正是它要離開大船之際，沒有人注意到我。

但是另一艘小船上的西爾法，一眼就發現我並且大喊：

「剛才上船的是吉姆嗎？」

我立刻察覺到自己做了蠢事，頓時心生畏懼。

兩艘小船爭先恐後的朝海岸前進，我搭乘的小船將另一艘小船遠遠拋在腦後，率先將船頭栽進海岸的草叢裡。我立刻攀上一根樹枝，在樹上盪了兩下，取得平衡之後，接著躍入附近的草叢裡。

另一艘小船落後約一百公尺，西爾法的呼喊聲從船上傳來：

「吉姆！吉姆！」

但我頭也不回，又跳又鑽，撥開草叢往前衝，直到快喘不過氣了才停下來。

第一擊

我搶在大個子西爾法前面先上岸，那感覺真是太痛快了！

這兒長滿了**柳樹**和**蘆葦**等從沼澤冒出來的，從未見過、令人噁心的樹叢。我踩過濕滑的泥巴地，緩慢向前行。

這個當下，我感受到探險的樂趣。

這裡是無人島，我甩開了船上的同伴，前方的生物，除了植物就只有不會說話的野獸和鳥類。

我在樹木間到處遊走。

四處盛開著不知名的花朵，隨處可見蛇的蹤影；一條彎成鐮刀狀的蛇，從大岩石上抬起頭，朝我發出**陀螺**旋轉般的聲音。我並沒有察覺到那是非常可怕的毒蛇，也不知道這種蛇是由於那個聲音，而被取名為**響尾蛇**。

不久，我走出長滿蘆葦的寬廣沼澤。火辣的太陽照射下，透過蒸騰而上的水蒸氣所看見的望遠鏡山彷彿在搖盪著。

從小船下來的那群傢伙應該正逐漸接近吧？沒多久便聽見遠處傳來人的說話聲。

我非常害怕，立刻躲進一旁的草叢裡。有兩人的說話聲，其中一人是西爾法，他們好像在爭論什麼，後來大概是坐下來了，說話聲沒有繼續靠近。

我想到我有個很重要的任務。既然我都和這群壞蛋一起上岸了，就必須偷聽他們在談論什麼。於是，我慢慢朝聲音傳來的方向靠過去。

來到非常接近他們的地方後，我便在草叢中偷偷看

柳樹（第139頁）

楊柳科柳屬植物的總稱。一般種植於水邊，但由於形狀特殊，也常做為行道樹。

蘆葦（第139頁）

生長在河川、沼澤、池塘等水邊，禾本科的多年生草本植物。根為白色且長，有節的莖會長至兩、三公尺高，葉子形狀像竹葉。

著。大個子西爾法和另一名水手面對面站在沼澤邊緣的窪地上，西爾法像在控訴似的向對方說：

「兄弟，我可是認定你是個有用的人，否則才不會把你拉到這兒要你聽我說，你已經沒有後路了，明白嗎？湯姆。」

水手湯姆漲紅著臉，一邊發抖一邊說，聲音有如烏鴉般沙啞：

「西爾法，你是個老實的前輩，大家對你頗有好評；你和一般的窮水手不一樣，手上有些錢，我認為你頗有膽識，現在你卻要說服我加入那群渾帳的行列，這到底怎麼回事？萬萬沒想到你竟然會這樣！就算打斷我的手，我也不想與他們同流合汙，要是我犯下不該犯的錯誤……」

陀螺（第139頁）

有著圓形身體，以軸為中心旋轉的玩具。種類有很多，這裡指的是會響的陀螺。將中心掏空的圓形木頭，或是切段的竹筒上下鑲入板子，插入軸心，在身體上鑿出細長的直縫，旋轉時會發出聲音。

就在這時候，沼澤另一頭的遠方，突然響起令人顫慄的慘叫聲，在望遠鏡山的岩石間形成回音。沼澤的鳥群同時振翅高飛，拍響翅膀，一下遮蔽了天空。

湯姆就像被**馬刺**踢到的馬匹，整個人彈起來，西爾法卻連眼睛也不眨一下。他倚著拐杖站在原地，像隻打算朝獵物撲過去的蛇般直盯著對方。

湯姆害怕的問：

「剛才是什麼聲音？」

「應該是亞倫吧？」

西爾法賊賊的笑著回答，瞇得像針一樣細的眼睛散發出如玻璃碎片般的光亮。

湯姆痛苦的喊道：

「是因為亞倫不願意加入你們就被殺了嗎？上帝

響尾蛇（第140頁）

蛇科蝮亞科的毒蛇，感覺到危險接近時，會甩動尾巴發出聲音。體長約零點五至二點四公尺，分布於北美南部至南美。

啊，請祢讓他安眠。

喂！西爾法！我決定和你分道揚鑣，就算你要像宰殺一條狗那樣的殺我，我死了也算是盡了自己的義務。要殺就殺吧！我死也不要服從你們！」

湯姆勇敢的轉身背對西爾法，朝海岸邁開腳步，可惜他來不及走得很遠。

西爾法發出可怕的吼叫聲，單手猛的抓住樹枝，卸下腋下的枴杖朝湯姆扔過去。

拐杖的尖端重擊湯姆的背部，湯姆高舉起雙手，呻吟了一聲便倒下。從那聲音來判斷，他的脊椎骨肯定是斷了。

西爾法靠他的一條腿像猴子般迅速撲上去，跨坐在湯姆的背上，將刀子深深刺入他癱軟的身體兩次，深到

馬刺

騎馬時裝在鞋跟，帶刺的金屬物。用它踢馬匹的腹部時，馬會受到驚嚇而快跑。

幾乎連刀柄都要扎進去了。西爾法激烈喘著氣，連我都聽得見。

我感到頭暈目眩，彷彿被霧籠罩著雙眼，視線模糊；耳朵裡就像有各種大小不同的鐘同時在響。

等我回過神時，西爾法已經把枴杖撐在腋下，戴好帽子且冷靜下來了。湯姆一動也不動的倒在草地上。

殺人犯西爾法看也不看湯姆一眼，抓起一大把的草擦拭沾滿鮮血的刀子。

太陽和剛才一樣毒辣，照得沼澤和山巒閃閃發光，讓人不敢相信不久前才發生了殘忍的殺人事件。

西爾法從口袋掏出哨子，用力吹響。剎那間，我感到非常害怕，他們一定會聚集而來，要是他們發現了我，說不定也會把我殺掉。

我盡可能不要發出任何聲音，快速逃離現場。一脫離草叢，我顧不得方向拔腿就跑，恐懼幾乎要把我逼瘋。

再過不久提醒大家返回大船上的砲聲就會響起，但我不能回到那群殺人犯的小船上。可是，如果我不回去，他們就會知道我發現這裡發生了殺人事件，嚇得不敢回去，我真不知道該怎麼做才對。

再見了，伊斯帕尼奧拉號；再見了，崔洛尼先生和船長。我只能選擇留在這裡餓死，或是死在那群叛徒的手裡……

我邊逃跑，邊斷斷續續的想著這些事，不知不覺的，我來到一座山頂分成兩半的小山山腳下。這兒的樹木非常高大，空氣也比沼澤那邊清新多了。

然而，在這裡也發生了令我大感驚愕的事。

被放逐在島上的人

有顆小石頭從滿是石塊的險峻山腰滾過樹木之間，掉了下來。

我嚇得朝那個方向看去，有個東西以迅雷不及掩耳的速度躲到一棵松樹的陰影下。是熊？猴子？還是人類？我完全看不出來。那個東西很黑，似乎全身長滿毛，總之是個非常可怕的怪物。

我像根木棒似的杵在原地，在我後方有一群殺人犯，前方有陌生的怪物。

我想想比起未知的危險，已知的危險還比較讓人可以接受。與這座森林裡的怪物比起來，西爾法反而不那麼可怕了。

於是我轉過身，一面回頭注意後方的情況，一面朝小船的方向跑回去。

沒想到下一秒那怪物現身，他繞了一大圈跑到我前方，阻擋了我的去路。

那傢伙簡直像一頭身手矯捷的鹿，從這棵樹的樹蔭跑跳到另一棵樹的樹蔭底下。他像人類一樣用兩條腿奔跑，身體卻彎得很低，幾乎要折成兩半，我至今從未看過那樣的人類。

我想起先前聽過**食人族**的故事，差一點就要放聲大喊救命。

這時候，我忽然想起我身上有槍，於是鼓起勇氣，朝那傢伙走過去。

那傢伙原本躲在一棵樹的陰影下，小心翼翼的觀察著我，卻在這時候忽然現身，邁開腳步朝我走過來，接著他無力的跪在地上並伸出雙手，彷彿在求我救救他。

我不由得慌了手腳。

「你是誰？」

食人族
會吃人肉的人種。過去在中非和南太平洋島國的部分原住民會因為糧食不足、報復敵人、宗教儀式等理由，有吃人肉的習俗。

對方用猶如生鏽的鎖般嘶啞的聲音這麼說：

「我叫班．剛恩，已經三年沒有和人類說過話了。」

我確定這名男子和我一樣是白人，只是他的皮膚早已曬黑，連嘴唇都是黑的。黝黑的臉龐被鬍鬚毛髮蓋住，唯獨藍色眼睛特別醒目。

話說回來，我從未看過全身如此破爛，簡直像乞丐的打扮。他身上穿的是利用黃銅釦子、木片、繩索等，硬把舊帆布的碎片接在一起，勉強做成的衣物。

我稍微恢復了冷靜。

「三年？你遇到船難了，是嗎？」

名叫班．剛恩的男子搖搖頭。

「不是，我是被流放到這個島上。」

我聽過「流放」，是海盜們經常使用的可怕刑罰，受到懲罰的人被帶到遙遠的無人島丟棄，只留給他少許火藥和子彈，任其自生自滅。

班．剛恩繼續說著：

「我在三年前遭到流放，之後就一直靠吃山羊肉、果實或是貝類維生。我真的好想吃點像樣的食物，想得不得了啊。喂！你身上有沒有一點起司？沒有嗎？我常常在夢中吃到起司呢！」

「如果你能想辦法幫助我回到船上，我就可以給你吃不完的起司。」

班．剛恩摸摸我的上衣，碰碰我的手，似乎很開心見到和他一樣的人類。一會兒後，他開口問道：

「對了，你叫什麼名字？」

「我叫吉姆。」

「吉姆，你叫作吉姆？」

他非常高興的說：

「吉姆，我做過很多胡來的事，你聽了一定會嚇死。簡單來說就是啊……你看我這副模樣，一定想不到我有個信仰虔誠的老媽吧？」

「這個嘛，的確是這樣沒錯。」

我回答。

他又繼續說：

「我老媽確實非常虔誠，而我也算是個乖巧聽話的孩子，像是**教義問答**，我可以倒背如流，速度快到連我自己都說不清楚每一個字。可是啊，吉姆，後來我就學壞了，從我第一次跟人在墓碑上**賭拋硬幣**開始，就漸漸走偏，越來越墮落。我那個信仰虔誠的老媽罵我是個壞東西，她說得很對，我便更往歧途走去。

可是，自從我來到這座荒涼的小島，我不斷認真思考，對上帝信仰也變得虔誠多了。我向上帝發誓我以後再也不會喝蘭姆酒喝到爛醉，不過若是有機會，我還是會想淺嚐一杯就是了。我下定決心要當個好人，還

教義問答
以問答的形式陳述基督教教義的一本書。

賭拋硬幣
兩人以上的人可以玩的賭博遊戲。指定一個目標，每個人輪流拿硬幣朝目標投擲，丟得越接近目標的人，便可以將所有人丟出去的錢集合起來，一口氣往上拋，落下後呈現正面的錢就歸他所有。

有，吉姆……」

班．剛恩環視四周，壓低聲音對我說：

「我是有錢人喔！」

我心想，他好可憐啊，在無人島上獨自生活太久，腦袋都變得不正常了。

班．剛恩似乎察覺到我的想法，緊張的重複了一遍：

「我真的是有錢人，你仔細聽好，你一上岸就遇見是我，算你運氣好。」

他說到這裡，忽然露出憂慮的表情，接著用力握緊我的手，伸出食指像是要威脅我。

「喂！吉姆！你老實說，那艘船是不是夫林特的船？」

我的內心頓時射進了一道光。他很怕夫林特，那就一定可以邀他加入，成為我們的一員。

「那不是夫林特的船，夫林特已經死了。但是，我坦白告訴你，船上有夫林特的手下，所以我和我的同伴陷入麻煩之中。」

班・剛恩痛苦的說：

「那個人……我說的是一個獨腳的傢伙，是否就在船上？」

「你說的是西爾法？」

「對，他就是叫這個名字。」

「他是廚師，也是帶頭叛變的罪魁禍首。」

班・剛恩把我的手握得更緊了。

「如果你是大個子西爾法的手下，我就要像殺條豬一樣的殺掉你。你到底挺誰？」

我立刻決意將把這趟航海的事從頭到尾跟他說一遍，包括我們現在可能遇到什麼樣的危險，毫不保留的向他坦白。班・剛恩聽得很投入，待我說完後，便輕撫我的頭。

「吉姆，你很棒。原來你們遇到了這樣的麻煩啊！既然如此，這件事就包在我班・剛恩身上吧！我一定會想辦法幫你們。

我問你，如果我幫了你們，那位地主先生肯不肯從那些寶藏裡，分我一千英鎊呢？」

「我想沒問題的，打從一開始，我們就說好找到寶藏後會大家平分。」

班．剛恩一臉謹慎，又再問我：

「還有，你們願意帶我回故鄉嗎？」

「當然可以，崔洛尼先生可是一名紳士呢！再說，解決那群壞傢伙之後，船上也需要新的人手幫忙。」

班．剛恩鬆了一口氣。

「原來如此。對了，有件事我得先告訴你，夫林特來這裡埋藏寶藏時，我是他船上的船員。那次除了他之外，他還帶了六名結實健壯的手下隨他上岸埋藏寶藏，命令我們其他人留在船上。一星期過後，岸上傳來信號，夫林特頭上纏著藍布，獨自一人划小船回到這艘船上。當時太陽剛升起，站在船頭的他臉色慘白，令人不寒而慄。

你想想看，他幹掉了六個人。夫林特到底用什麼方法殺了其他人，留在船上的我們，沒有人知道。

當時的副船長是比利．龐斯，舵手是大個子西爾法。他們問夫林特把寶藏埋在哪裡？夫林特回答說：

『哼！想去挖寶的話就上岸去啊，不過，這艘船不會等你，我還要去賺更多錢。』

後來，我上了別艘船工作，大概在三年前，我又看到這座小島，於是對同伴說：

『喂！這座島上有夫林特留下的寶藏，我們上岸去尋寶吧！』

同伴也贊成，便和我一起上岸了。我們找了十二天，最後還是沒找到。

每過一天，我的同伴就顯得越來越不耐煩，最後竟然對我說：

『喂！班．剛恩，我們決定要回船上去了，你就一個人留在島上繼續找夫林特的寶藏吧！槍、鏟子、還有**十字鎬**都留給你。』

我就這樣被留在這裡，獨自一人待了三年。」

班．剛恩這麼說，閉起一邊的眼睛，捏了我一下。

「吉姆，你幫我跟地主先生說情。就像我現在這樣，捏著地主的手誠懇的對他說：

『班．剛恩不是普通的水手，他是個大好人。比起海上的紳士，他更信任真正的上流人士，因為他也是個天生的紳士』。」

「我完全聽不懂你說的話，但是無所謂。問題在於該怎麼做，我才能回到船上。」

「嗯，這個問題的確很棘手。但是，等一下，我有小船，是我親手做的，就藏在白色岩石的後面。時機成熟時，你就划著那艘小船回去吧！咦？那是什麼？」

班．剛恩大叫。

十字鎬（第155頁）

挖掘堅硬土壤用的鐵製工具。

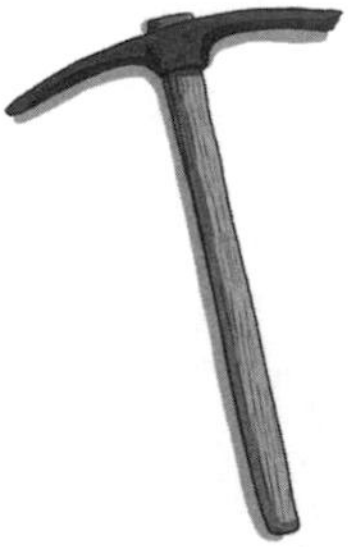

就在這時候，大砲的轟隆巨響，震撼了整座小島。距離太陽西下還有一、兩個小時，那並不是提醒大家回去的信號。

「開戰了！」

我忘了害怕，朝船停泊的地方跑過去。

班．剛恩也跟在我後面，身輕如燕的邊跑邊說：

「左邊！左邊！快躲在樹的後面！」

大砲聲結束後，過了好一陣子，我聽見了步槍一起發射的聲音。

槍聲一結束，我在前方不到四百公尺的森林上頭，看見了英國國旗在飄揚。

第四部　要塞

為何要棄船——從這裡開始是利弗希醫生的口述

那些叛徒搭乘的兩艘小船，在下午一點半從伊斯帕尼奧拉號出發前往海岸。以航海的術語來說，就是**三響船鐘**的時刻。

船長、崔洛尼先生和我，在船艙裡討論了許多對策。

假如起風了，即使是微風也好，我們就殺了船上的六名叛徒，割斷錨繩後趕緊出海。可是偏偏一點風也沒有，再加上亨特下到船艙來通知我們一件棘手的事。

「吉姆擅自跳上小船，跟著上岸去了。」

我們並沒有懷疑吉姆，反而非常擔心他的安危。他和那群壞蛋一起離開，不知道能不能活著回來。

我們登上甲板。

那六個叛徒坐在前方甲板的船帆後面，嘴裡念念有詞。我看向岸邊，河口有兩艘小船繫在一起，各有一個人留在船上看守。

在船上靜靜等待實在令人坐立難安，亨特和我決定划小船到岸邊試探情況。

我們划著小船，朝地圖上的要塞筆直前進。在岸邊小船上看守的兩人發現我們逐漸接近不知如何是好，他們大概奉命不准隨意行動，只能眼看著我們划船過去。

岸邊有個突出的海角，我們的小船尚未抵達海岸就已經看不見對方的小船了。

一跳下小船，我就舉起填滿子彈的手槍往前衝。跑不到一百公尺，我就抵達了要塞。圓形小山丘的

三響船鐘（第161頁）

船鐘意指軍艦或商船上用敲鐘方式知會時間。零點三十分敲一次，一點敲兩次，一點三十分敲三次，每三十分鐘增加一次，以四點八次為一個段落。四點三十分時，又會恢復成一次。這是因為船上的值班（或站崗）是每四小時換班一次，分別在四點、八點、十二點敲八響船鐘的時候。這裡指的是下午一點三十分。

山頂附近有清澈的湧泉，還有一棟引入泉水的堅固**圓木小屋**。

當有危險時，這棟小屋大約可以容納四十人，四面的牆壁有發射**步槍**用的**槍孔**。

小屋四周圍著高約兩公尺的木樁所蓋的柵欄。柵欄沒有入口也沒有門，木樁之間的間隔很寬，讓敵人無處可躲藏。

只要躲在這個小屋裡，即使人數少也能抵擋大量的敵人。最可貴的是旁邊就有泉水，很適合做為要塞。

正當我想著這些事的時候，島的深處忽然傳來人臨死前的慘叫。

我並不是沒見過殘忍的死狀——我曾隨著**坎伯蘭公爵**的軍隊出征，在**豐特努瓦戰役**中受傷——然而這一

圓木小屋

用去了樹皮的樹幹建造的小屋，大多都是臨時搭建、構造簡單的建築。

次，卻讓我的心撲通撲通響。「吉姆．霍金斯被殺了」這個念頭立刻掠過我的腦海。

不過，從軍的經驗幫了我很大的忙。應該說，行醫的經驗更派上用場，因為當醫生最忌手忙腳亂。

因此，即使在這樣的時刻，我也馬上重振精神，不浪費任何一秒鐘，迅速返回海岸並且跳上小船。

幸運的是，亨特是個優秀的划船手。小船在水面上飛快前進，沒多久就抵達大船，我們立刻爬回船上。

對於這樣的突發事件，大家都非常恐懼。

崔洛尼先生蒼白著一張臉跌坐下來，口中喃喃說著是他連累了大家，害所有人身陷危險。他真是一個善良的人。

在前方甲板的六個叛徒中，有一個人也很害怕。

步槍（第163頁）
當時的槍枝是從槍口填入火藥和子彈，用火石敲擊裝置上的金屬，引燃後發射子彈，一次只能發射一發子彈。

槍孔（第163頁）
在牆壁或圍牆鑿的小洞或縫隙，目的是監視敵人動靜及開槍。這裡指的是圓木小屋的窗戶。

斯摩萊特船長瞄了他們一眼，一邊點頭一邊說：

「那傢伙不習慣為非作歹，我想只要勸告他，他一定會向我們靠攏。」

我和船長商量，擬定了作戰計畫。首先，讓雷卓斯帶著三、四把填滿子彈的步槍，監守船艙和前方甲板之間的走廊，替我們把風。

接著，亨特划小船繞到船尾窗戶的下方，喬伊斯和我則是將火藥罐、步槍、裝滿乾糧的袋子、裝豬肉的木桶、干邑白蘭地的酒桶、以及藥箱等等搬運到小船上。

在這段期間，崔洛尼先生和船長站到甲板上，船長對留在船上的叛徒首領漢茲這麼說：

「漢茲，我們有手槍，要是你們有誰敢對陸地上的同夥打任何暗號，我保證他會立刻沒命。」

坎伯蘭公爵（第163頁）

威廉·奧古斯塔斯將軍（一七二一～一七六五），英國國王喬治二世的兒子，曾是英格蘭西北方坎伯蘭郡（現坎布里亞郡）的統治者。

豐特努瓦戰役（第163頁）

一七四五年，英軍和法軍於比利時的豐特努瓦（地名）所發生的戰役。由坎伯蘭公爵率領英軍，最後敗給了法軍。

冷不防的事態，令他們慌了手腳。他們竊竊私語商量了好一陣子，不久後就一起從前方的梯子連滾帶爬的下樓去了。他們原本打算繞到我們後面偷襲，看到雷卓斯守在通道上，又立刻折回來，從梯子口探出頭。

船長朝他們大吼：

「給我下去！狗東西！」

那群水手把頭縮回去之後，再也沒有發出一點聲響。

我和喬伊斯盡可能把物品堆滿小船，然後從窗戶跳上船並使勁地划，再度朝海岸前進。

那兩個在岸邊船上負責監守小船的人見到我們又折了回去顯得驚訝萬分，其中一人上了岸，消失在森林裡。

我們把小船綁在剛才那個地方，將物資搬進小屋，留下喬伊斯和亨特負責看守，然後我再潛進大船上。

我們打算利用小船再搬運一次物資到那小島上，看似不顧後果的魯莽行為，實際上卻不然。

敵人的人數當然很多，但我方在武器上占了相當大的優勢。

上岸的那群傢伙連一把步槍也沒帶。趁他們尚未來到手槍子彈的射擊範圍內，我有自信至少先可以解決那六個人。

崔洛尼先生已不復見剛才的懦弱，他拉住大船的**纜繩**繫住小船，並從船尾的窗戶窺探船內的狀況，等待我回來。

我們拚命搬運物資到小船上。

那些物資除了豬肉、火藥和乾糧之外，還有武器，包括崔洛尼先生、我、雷卓斯以及船長各自攜帶的步槍和刀子。

纜繩　將兩艘船銜接起來，或繫住船隻的繩索。

剩下來帶不走的武器和火藥就全都扔進海裡。此處的水深大約**兩尋半**，日光照射在海底乾淨的沙子上，清楚可見擦得光亮的武器，在水中閃閃發光。

此時，海水開始退潮了。從兩艘小船停泊的岸邊也傳來了些微的人聲。我們必須趕快離開，雷卓斯也停下監守走廊的任務，朝小船衝來。

留到最後的船長朝下面的人喊：

「喂！葛雷，我要下船了，跟我走吧！我知道你本性善良，給你三十秒，趕快出來吧！」

頓時下面展開了一場打鬥，不久，臉頰被短劍劃傷的亞伯拉罕·葛雷跳了出來，船長隨即帶著葛雷跳上小船，我們便加緊動手划槳。

兩尋半
丈量水深、繩索長度的單位，一尋約為一點八公尺，兩尋半約為四點五公尺。

小船沉了——延續利弗希醫生的敘述

這艘狹窄的小船，光是乘坐五個人就已經很勉強了，再加上還載有許多裝滿火藥、豬肉和麵包的袋子，水位幾乎要淹過船舷。

不只如此，由於碰上**退潮**時刻，小船抵擋不住海灣中的激流，順勢往西邊流去。再這樣下去，恐怕會被沖到繫著兩艘小船的海岸附近，到時候很可能會遭到那群叛徒的攻擊。

我對划著小船的船長說：

「這樣下去，小船沒辦法抵達要塞附近，可以划得更用力一點嗎？」

「划得太用力會翻船的。」船長回答道，「必須想辦法讓小船朝上風處前進。加油！要堅持到底，不能被海潮拉走。」

我努力划，小船卻依舊被海潮往西邊不斷推去，費了好一番工夫，才讓船頭朝向正東邊，而這個方向與我們要去的方向呈現直角。

「這樣子沒辦法靠岸。」我說道。

「如果只能朝這個方向前進，那我們也沒有別的選擇，醫生。」船長回答。

「我們必須抵抗海潮。如果我們被沖到上岸地點的下風處，那就完蛋了。不知道會飄到哪裡的海岸，而且很可能遭到小船上的人的攻擊。可是，如果朝目前的方向前進，海潮一定會逐漸轉弱，到時候就可以沿著海岸再折回來。」

「海潮的威力已經減弱了，會變得比較輕鬆。船長。」

退潮（第169頁）
受到月亮和太陽的引力（物體之間相互吸引的力量）影響，海水會退到遠海。也稱落潮、低潮。此時海水的流動速度相當快。

那個坐在船頭，名叫葛雷的男子這麼說。

就在這時候，船長忽然大叫：「是大砲！」

聽到船長這番話，一回頭就發現事態不妙。我們把帆船上的九磅砲忘得一乾二淨。

大船上的那五個混帳傢伙正急忙拆掉蓋大砲的防水布。不只如此，我立刻想起，我們把砲彈和火藥留在大船上了。

葛雷呼吸急促的說：「漢茲那傢伙以前是夫林特船上的砲手。」

我看到漢茲喝下白蘭地後，漲紅臉在甲板上滾動砲彈並丟下去，還聽見了沉重的悶響。船長問道：

「射擊技術最好的人是誰？」

我回答：

「崔洛尼先生格外出色。」

於是船長這麼說：

「崔洛尼先生，麻煩你打下他們，可以的話，最好瞄準漢茲。」

崔洛尼先生不慌不忙替槍填上子彈。

船長大喊：

「各位！盡量維持小船的平衡！」

崔洛尼先生一瞄準，所有人就停止動作，把身體靠向另一側的船舷，好維持小船的平衡。

在這個當下，漢茲手持**填彈棒**站在大砲前面，看得非常清楚。崔洛尼先生開槍了。倒楣的是，漢茲偏偏在這時候把身體往前彎，子彈從他頭上掠過。中彈倒下的是後面的人。

隨著中彈者的慘叫聲，岸邊開始變得嘈雜。我看向那邊，發現先上岸的傢伙接二連三從森林出現，然後跳

填彈棒
將砲彈填入砲管，推向後方所使用的棒子。

上小船。

船長放聲大吼：

「快划！小船翻了也無所謂！沒辦法上岸就**萬事休矣**了啊！」

我這麼說：

「他們只划出一艘小船，其他人一定是打算繞過海岸先去那邊堵我們。」

船長答說：

「他們用跑的過去肯定會很累，就像**上岸的魚**。比起來，我更怕大砲。距離這麼近，即使讓女孩子來發射也會命中。崔洛尼先生，他們一旦點燃了大砲的**發火繩**，我就會立刻停下小船，請你再次瞄準開槍。」

在我們如此商量對策之際，這艘小船雖然載著沉甸

萬事休矣

一切都結束了。

上岸的魚

上岸的魚沒有水，無法自由活動，用來形容「四周的環境與往常不同，無法自由行動」。

甸的物資，倒也還迅速前進，已經非常接近海岸。我們不再害怕敵方的小船，因為剛才讓我們傷透腦筋的退潮，現在正把他們沖得老遠，落後我們許多，威脅我們安全的只剩大砲。

崔洛尼先生大喊：

「準備射擊！」

船長如回聲般呼應：

「停船！」

就在這一刻，砲聲轟隆作響。

後來我才知道，吉姆聽見的就是這聲砲響。

砲彈掠過我們的頭頂，掉在我們的後方，然而砲彈下沉也產生了一股力量，拉著我們的小船從船尾開始沉沒。船長和我還站在小船中間，但其他三人翻了一個跟

發火繩（第173頁）

竹子或檜木的皮（火藥的原料）混合硝石後所編成的細繩。當時的大砲會將發火繩裝設在砲管後方的點火口，點燃發火繩後使火藥爆炸並發射砲彈。

斗便栽進水裡。

水深大約只有一公尺，很輕鬆就能站起來，但物資全都落水，更糟糕的是，五把槍中只剩兩把還能用。小船下沉時，我把手中的槍高舉到頭上，船長也把槍的握柄部分朝上，扛在肩膀上才倖免於難，另外的三把槍則是隨著小船一起沉進水中。

更令人擔心的是，岸邊森林傳來那群壞傢伙的聲音，且越來越靠近。我們得加快速度，不然會在通往要塞的路上遭遇他們的阻攔。

要塞那裡只有亨特和喬伊斯兩人，沒辦法應付太多敵人。亨特雖然很可靠，但喬伊斯只是個有禮的侍從，並不擅長戰鬥。

就在我煩惱著該怎麼辦的時候，同伴們已決定拋棄慘不忍睹的小船，還有一半以上的火藥和食物，盡可能加快速度朝岸前進。

第一天的戰鬥——延續利弗希醫生的敘述

我們全速衝刺，飛快穿過位於海岸與要塞之間的森林。每前進一步，叛徒的聲音就越逼近我們，連腳步聲和撥開草叢時弄斷樹枝的聲音，都聽得一清二楚。這樣一定會與他們正面衝突。

我這麼想，檢查了槍的**發射裝置**並叫住船長。

「船長，崔洛尼先生是射擊高手，請你把你的槍交給他。崔洛尼先生的槍已派不上用場。」

兩人互換槍枝。我發現到葛雷沒有武器，便把刀子遞給他。

葛雷吐了口水在手上，將眉毛湊近眉心，高舉刀子拚命揮舞，他這副模樣也激勵了我們的士氣。

顯而易見的，這個新加入的同伴從頭到腳都非常可靠。

大約前進了四十步左右，我們來到森林邊境，清楚看見要塞就位於前方。

我們衝到柵欄南側的同時，以水手長安德森為首的七名叛徒也從西南方的角落逼近。

那七個人一發現我們，就嚇得停在原地。崔洛尼先生和我不等他們恢復冷靜就開槍了。亨特和喬伊斯也從小屋裡開槍。

其中一個敵人倒下，其他人立刻轉身逃進森林裡。我們馬上重新填好子彈，然後查看倒地的敵人。他被射穿心臟死了。

就在這時候，樹叢裡傳來手槍的聲音，子彈掠過我

發射裝置

點燃火藥的裝置。當時的步槍和手槍是用火石敲擊裝置上的金屬後引燃，靠火焰點燃火藥。

的耳邊，下一秒鐘，雷卓斯就身體前傾倒下。崔洛尼先生和我立刻反擊，但沒有瞄準，白費了子彈。

我只瞄了一眼雷卓斯，就知道他不行了。

我們把一面呻吟一面大量出血的雷卓斯，越過柵欄抬進小屋裡。

這可憐的老人，從我們開始苦戰到現在躺在圓木小屋中迎接死期為止，從來沒有說過任何驚訝、不滿、或是恐懼的話。無論什麼樣的命令，他都默默服從。

「你是一個寡言又可靠的隨從，而現在，你竟然就要死去了。」

崔洛尼先生跪在雷卓斯的身旁，親吻他的手，像個孩子般不停哭泣。

「雷卓斯，你願意原諒我嗎？」

「主人，說什麼原諒呢？您太抬舉我了。我沒有任何話要說——阿門。」

他沒有多說，就這樣嚥下了最後一口氣。

這期間，我發現到船長的胸膛和口袋都很鼓，後來他掏出了許多東西。包括英國國旗、**聖經**、筆、墨水、**航海日誌**、香菸等等。

柵欄裡有一根砍下的**冷杉**樹幹，長度相當長，也切除了多餘的樹枝。船長找亨特幫忙，把木頭豎起靠在小屋的一角，隨即爬著它上屋頂綁好國旗。

船長做完這些事，彷彿鬆了一口氣；他回到小屋，雷卓斯老爹一斷氣，便把另一面國旗恭敬的覆蓋在他的屍體上。

接著，他把我拉過去問道：

「利弗希醫生，照你和崔洛尼先生的估計，要等幾星期，你朋友才會派船來接我們？」

「不是幾星期，而是要花上幾個月。簡單來說，如果我們沒有在八月底回去，布蘭德利就會派船來找我們。既不會早出發，也不會晚出發。

至於什麼時候才會抵達這裡，你自己計算看看。」

聖經

寫著基督教教義的書，分為「舊約聖經」和「新約聖經」。舊約描寫的是耶穌出現以前的故事，新約則是描寫耶穌出現後的故事。

航海日誌

船隻在海上航行時，每天記錄天氣、氣壓、氣溫、船的位置、航向、海浪高度、船內船外所發生的事情等等的日記。

我這麼說。

船長抓著頭，苦惱的說：

「意思是就算上帝眷顧我們，向我們伸出援手，我們的處境依舊艱難。放棄小船上的物資實在可惜。就算火藥和子彈勉強足夠，食物也嚴重不足。」

正巧這時候，轟隆巨響後，我聽見咻的一聲破風而來，原來是砲彈高高越過圓木小屋的屋頂，落在小屋後方遠處的森林。

船長用嘲笑的口吻說：

「射吧！儘管射吧！你們的火藥也所剩不多了！」

第二發砲彈飛來了。這次瞄準得比較精確，砲彈落在柵欄裡，揚起了一陣灰塵，卻沒有造成任何損傷。

崔洛尼先生說道：

冷杉（第179頁）
松科冷杉屬的常綠喬木，較高的樹甚至可高達四十公尺以上。樹枝往水平方向外伸展。小樹常用來當作聖誕樹。

「船長，從大船那兒應該看不見這棟建築物，他們肯定是鎖定國旗發射。你去把國旗拆下來好不好？」

船長放聲吼：

「要我拆國旗？不可以，我絕對不拆！」

我們所有人都贊同船長。

並不只是因為他有著航海人該有的堅定決心，而是留著國旗也能夠向對方宣示我們並沒有將砲擊放在眼底。

下午，敵人持續不斷攻擊。砲彈有時會飛過要塞，或是落在前面，又或者刮起柵欄內的沙子。

由於為砲彈射得很高，墜落時早已失去威力，只會陷在軟軟的沙地裡，不需要擔心它會彈起來。

不久，船長想到一個好點子。

「敵人的砲擊對我們並不是壞事。砲彈有可能墜落在靠海岸的森林，那裡一定沒有敵人。海潮已經退了，我們掉在水裡的物資應該會浮出來。有沒有人願意去搬些豬肉回來？」

葛雷和亨特率先走向前。他們穿戴好足夠的武器，溜出要塞，但這趟冒險卻白費了工夫。

那些叛徒比我們想像得還要大膽，有四、五個人奮力扛起我們的物資，把東西搬到停在附近的另一艘小船。

西爾法就在敵方的小船上發號施令。他們從船上拿到偷藏在他們的祕密武器庫中的武器，每個人手上都有槍。

船長坐下寫起了航海日誌。一開始的部分如下：

船長亞歷山大．斯摩萊特，船醫大衛．利弗希，造船匠助手亞拉伯罕．葛雷，船主約翰．崔洛尼，此外還有船主的隨從約翰．亨特、理查．喬伊斯——只有這些人才是大船上堅守正義的人。

食物省著吃，大約有十天份，今天登陸，於金銀島上的圓木小屋升起英國國旗。

船主的隨從湯瑪士・雷卓斯，遭到叛徒槍殺身亡。

船艙的服務生吉姆・霍金斯則是……

我看船長寫下吉姆的事，同時擔心起他的遭遇。

這時侯，後面森林裡傳來了呼喚聲。

「醫生、崔洛尼先生、船長，還有亨特先生！」

是吉姆的聲音。我跑到門口，看到平安無事的吉姆精神奕奕的翻過柵欄而來。

要塞的警衛隊——自此開始是吉姆的敘述

班·剛恩一看見英國國旗在森林上空飄揚，立刻抓住我的手臂說：

「你看，那裡一定有你的同伴！如果是西爾法，他會掛**海盜旗**。嗯，那一定是你的同伴。剛才發生了槍戰，他們一定是贏了，才會像那樣住進夫林特在好幾年前建造的舊要塞裡。」

「你說得對，那應該是我同伴的旗子。既然如此，我得立刻趕往那裡。」

「我不會去喔！除非你見到那位天生的上流人士，他答應用人格向我擔保。你應該沒有忘記我說過的話吧？見到那個人，一定要抓著他說『班·剛恩是一個最值得信任的人』。」

班·剛恩又捏了我一下。

「還有，有事找我的話，你知道去哪裡找得到我吧？就是今天遇見你的地方。記得手上要拿著白色的東西，而且只能你一個人來喔！啊，對了，你就這麼說吧！『班・剛恩有他的苦衷』。」

「就只有這樣嗎？」

我問道。

「至於時間呢，就約在下午三點。」

班補充道。

「好，那我可以走了吧？」

我這麼說，班・剛恩便擔心的再次囑咐：

「你千萬不可以忘記，最值得信任和有他的苦衷這兩件事。有他的苦衷，這件事非常重要，這是我們之間的約定。還有，吉姆，萬一你不幸被西爾法抓走，絕對

海盜旗

海盜掛在船上，彰顯自己存在的旗幟。以嚇唬對方的圖案居多，一般常用交叉的兩根骨頭加上頭蓋骨。

不可以出賣我。就算遭受**刑求**，也不准走漏口風。對了，他們若在海岸**野營**，明天早上一定會出人命。」

就在這時候，轟隆砲聲響起，砲彈穿過森林，掉落在距離我們不到一百公尺的沙地上。我們馬上分頭逃走。

過了一小時左右，接連不斷的砲聲震撼了小島，砲彈射進森林，發出驚人巨響。

感覺那些砲彈都是衝著我來，我左閃右閃、四處竄逃。但砲擊逐漸趨緩，我在森林裡匍伏，朝要塞前進。

太陽西沉，來自海面的風將森林吹得沙沙作響，氣溫也驟降。

來到海岸，看見伊斯帕尼奧拉號停在原來的地方。船尾的帆桁上，黑色海盜旗隨風飄揚。

刑求
在肉體上施加痛苦，逼迫對方說出隱瞞的事，或是讓對方承認對自己比較有利的說詞。

野營
在草原、山區、海岸等室外過夜。

就在這時候，紅色火焰一閃，砲聲再度響起，砲彈咻的一聲飛過天空，這是最後一次砲擊。

我暫時躲在原地。

叛徒在要塞附近的海岸上，正用斧頭敲著某樣東西。後來我才知道，他們破壞的是崔洛尼先生和醫生等人搭來的小船。

我從樹木之間，看到相隔很遠的河口附近，有熊熊燃燒的火堆。另一艘小船不斷往復河口和船之間。那群傢伙邊划船大叫，看來是喝醉了。

我心想，可以趁機衝去要塞了。我已經來到地勢很低的**沙洲**的前端部分，這個沙洲包圍著停船處的東側，大約退潮到一半時，會和骷髏島銜接起來。

我這才站起身。我從低矮樹叢之間，看見一個岩石

沙洲
堆積在淺海或河川底部的沙土，成為陸地出現在水上。

孤零零立在沙洲前方的遠處。岩石很高，而且顏色偏白。

看來那就是班．剛恩所說的白色岩石。或許有一天會需要他說的小船，到時候就知道要去哪裡找了。

我走進森林，沿著邊境前進，總算抵達要塞，可靠的同伴也溫暖的迎接我的到來。

我將自己的遭遇說完之後，環視了四周。

這間小屋的屋頂、牆壁和地板，都是用松木打造的。門口有門廊，門廊下有小小的湧泉，他們將船上使用的大鐵鍋鍋底打穿後埋在泉中，用來儲存泉水。

由於沒有煙囪，只是將屋頂的四個角落鑽洞排氣，只能排出一點點煙，剩下的煙都盤旋在屋子裡，我們不停咳嗽和流眼淚。

新同伴葛雷脫離船上那群叛徒時受了傷，臉上包著繃帶；可憐的雷卓斯老爹還沒下葬，依舊蓋著國旗躺在牆角。

遇上這種情況，若大家只是坐著不動，一定會越來越鬱悶。船長可沒有放空發呆，他叫大家集合，將所有人分組看守。

利弗希醫生、葛雷和我分到同一組，崔洛尼先生、亨特和喬伊斯則是另一組。

大家都很疲憊，其中兩人負責去撿柴火，另外兩人挖掘雷卓斯老爹的墳墓，醫生奉命下廚，我在門口擔任**哨兵**。船長自己則是輪流巡視每一個人，替我們打氣或是給予協助。

醫生有時候會來到門口呼吸新鮮空氣，舒緩一下痠痛的雙眼，同時找我搭話。

「斯摩萊特船長真是了不起，能夠臨危不亂，指揮調度。吉姆。對了，你說的班．剛恩，是個正常人嗎？」

「不知道，我搞不清楚他是不是瘋了。」

哨兵
預防敵人攻擊，站在要塞或陣地出入口前面，或是在附近走動，負責守衛等工作。

「你這麼說，那應該不要緊，他很正常。一個在無人島過了三年孤單生活的人，看在你我眼裡當然不太對勁。」

吃晚餐前，我們把雷卓斯老爹埋進沙坑裡。

晚餐過後，崔洛尼先生、醫生和船長聚在一隅，討論今後的對策。食物嚴重不足，再這樣下去，我們肯定會在救兵來之前就因飢餓而投降。最好的方法就是盡量殺死叛徒，逼他們投降，或是搭小船逃走。

那群叛徒起先有十九人，現在減少為十五人，而且其中兩人受傷了。有兩件事對我們有利，一個是蘭姆酒，另一個是這片土地的黃熱病。他們那麼愛喝蘭姆酒，早晚會出事。

目前敵我相隔將近一公里，卻還是聽得見他們喝醉吵鬧的聲音。此外，如果他們像現在這樣繼續在沼澤野營，不到一星期就會有半數的人生病，醫生斬釘截鐵這麼說。

我非常疲憊，不久後便睡死得像一根圓木。當我醒來時已是早上，其他人早就起床也吃完早餐了。

這時候，忽然有人驚訝的大叫。

「是**停戰旗**！西爾法主動跑來了！」

我立刻跳起來，揉著眼睛跑到牆邊，從槍孔窺探外面的情況。

停戰旗

白色的四方形旗幟，也可以用白布綁在槍尖來代替，又叫白旗。用來在戰場上通知對方，自己已無意再戰鬥下去。

西爾法的使命

要塞外面有兩個人，一人揮舞著白布條，另一人就是西爾法，非常鎮靜的站在那裡。

時間還很早，氣溫寒冷的刺骨。

船長對叛徒呼喊：

「是誰？快停下腳步，否則我要開槍了！」

西爾法大叫道：

「這是停戰旗！」

船長站在門口，回頭對我們發號施令：

「醫生那一組去看守。醫生負責北邊，吉姆負責東邊，葛雷負責西邊。其他人把槍填上子彈，集中精神，千萬不可鬆懈。」

接著他又轉向叛徒。

「你高舉停戰旗，打算怎麼做？」

手下回答：

「西爾法船長想跟你們談判。」

「西爾法船長？我不認識這個人，你說的人是誰？」

大個子西爾法答道：

「就是我。你拋棄了大船，那些年輕人便選我當船長。」

他回答時，「拋棄」這個字說得格外用力。

「假如談判順利，我們很樂意馬上投降，絕對不會拖泥帶水。斯摩萊特船長，請你保障我的人身安全，直到我離開要塞。還有，如果你打算給我一槍，希望你能給我一分鐘的時間逃跑。」

船長回答：

「我一點也不想跟你講話。如果你想找我談，那你得自己過來，就這麼簡單。大可放心我不會偷襲，那是你們才會耍的小手段。」

西爾法高興得大叫。

「這樣子就夠了，你是個紳士！」

接著，西爾法走近柵欄，把枴杖扔進來，抬起一條腿，輕而易舉就翻過柵欄。我的注意力都被他吸走了，拋下看守的任務不顧，默默走到船長的身後。

船長在門口坐下，將兩個手肘撐在膝蓋上，雙手托著下巴，目不轉睛盯著泉水湧上來。接著，他用口哨吹起了《噢，女孩啊，年輕人啊》這首曲子。

西爾法爬斜坡爬得非常辛苦。斜坡很陡，沙子又軟，拐杖根本派不上用場。但西爾法依舊耐心的爬上來，好不容易來到船長面前，畢恭畢敬的向他敬禮。

西爾法穿著很高級的衣服。上半身是件有許多黃銅釦子的藍色長外套，並將裝飾著華麗的**雪尼爾花線**的帽子往後斜戴。

船長抬起頭說道：

「你終於來了，坐下吧！」

西爾法一臉不滿的說：

「船長，你不讓我進去嗎？要我坐在外面的沙地上，很冷很難受啊！」

「如果你安守本分，現在就可以好好坐在船上的廚房裡，你是自作自受。帶頭叛變的海盜船長西爾法，絞刑最適合你這種人了。」

西爾法坐在沙地上答道：

「我明白了，船長。不過，等一下要麻煩你扶我起來喔！啊，吉姆也在。早啊，吉姆。還要向醫生問好。噢，各位好像幸福的一家人啊！」

船長催促他說：

「有話想說就快說！」

雪尼爾花線

將金線或銀線捻在一起，製成緹花圖案的紡織品。金線稱為金雪尼爾花線，銀線則稱為銀雪尼爾花線。

「真是的，船長，一點人情味都沒有呢。那我就說了，昨天晚上是你占上風，你派了個擅長使用棍棒的人將我們打得落花流水，不得已我才來這裡找你談。但是，你聽好，下次可不會那麼順利了。我們會嚴加戒備，也會控制酒量。你們大概以為我們全都是酒鬼，其實啊，我很清醒。不過，我真的是累壞了。假如我早點醒來，一定會當場逮住那個偷襲的傢伙。我去看被打成重傷的夥伴時，他還有一口氣呢！」

「所以呢？那又怎麼樣？」

斯摩萊特船長冷靜問道。西爾法說的話，船長應該也是聽得莫名其妙，但絲毫沒有表現在臉上。

我想起班．剛恩和我分開時所說的話。八成是班．剛恩趁那群壞蛋熟睡時，偷溜進去用棍棒揍他們吧？結果敵方就減少為十四人，想到這裡我就覺得很開心。

西爾法繼續說：

「我們想要那些寶藏，說什麼也要弄到手，這就是我們的目的。但是你們的目的是想活命對不對？你們有地圖吧？」
「可能有可能也沒有。」
「我知道地圖在你們手上，藏起來也沒用。我的意思是我想要地圖，並不打算加害你們。」
「你這麼說也沒用，我很清楚你們的企圖。不過，你們想做什麼都無所謂。事到如今，你們已經無能為力了。」
船長這麼說，面不改色注視著西爾法，一邊把菸草塞進菸斗裡。
「我懂了，葛雷那傢伙都告訴你們了。」
西爾法還沒說完，斯摩萊特船長就打斷了他的話。
「住口！葛雷什麼也沒說，我也沒有問。廢話少說，我只想把你們和這座小島全都打下地獄！」
就像這樣，船長氣得七竅生煙，西爾法反而恢復了冷靜。
「我也不客氣了，我也要抽菸。」

他將菸草塞進菸斗，然後點火。

兩人不發一語，抽了好一會兒的菸，偶爾四目交接，偶爾彎下腰吐口水。看他們兩人這副模樣，簡直就像在看戲一樣有趣。

不久，西爾法終於開口了。

「我的要求如下：藏寶圖讓給我，並且放棄抵抗。只要你們答應，隨便你們愛做什麼都可以。等我把寶藏搬上船，你們甚至可以和我們搭同一艘船。我用我的人格保證，會安全的把你們送回陸地。

或者，你們如果不想上船，就留在這裡吧！要留下來的話，我們就按人數分攤食物。假如我們在半路上遇到別的船隻，我會把你們的事告訴對方，讓他們到小島來接你們。怎麼樣？我認為這麼做非常合情合理。」

腳鐐

用來限制犯人行動自由，套在腳上的道具。西方多為鐵製，東方多為木製。鐵製腳鐐有的是在雙腳腳踝套上鐵圈，然後用鎖鏈固定；有的是在雙腳腳踝或單腳腳踝套上鐵圈，然後裝上附有沉甸甸鐵球的鎖鏈。木製腳鐐則是將鑿了兩個洞的木板套在雙腳上，也有只鑿一個洞並套在單腳上的款式。

船長站起來，敲了敲菸斗的菸灰後，緩緩問道：

「你想說的話只有這些嗎？」

「當然！如果你們不願意，那現在就是你們最後一次見到我，接下來就是砲彈伺候了。」

「很好，接下來輪到你聽我說。

假如你們所有人都願意單獨來找我，我會替你們銬上**腳鐐**並且帶回英國，讓你們接受公平的審判；假如不願意，我斯摩萊特會高舉英國國旗和你們戰鬥到底，殺了你們這些叛徒丟到海裡餵魚。

你們絕對找不到寶藏，你們之中也沒有人會駕駛船。

西爾法，你就像一艘擱淺的船。這是我最後一次勸你，下次再見到你，我一定會從背後射殺你。好了！給

我滾！」

西爾法的表情太值得一看了，憤怒讓他的眼珠幾乎要奪眶而出。

西爾法大吼：

「快扶我站起來！」

「你休想。」

「來人哪！誰來幫我！」

西爾法怒吼道，卻沒有人上前來。他一面氣憤的亂罵，一面在沙地上爬行，攀住大門才好不容易站起來。

他朝泉水吐了一口口水後大吼道：

「不用一小時，我就會炸爛你們和這間破爛的圓木小屋！你們就趁現在笑個夠吧！混帳東西，我馬上就會讓你們哭著求饒！」

西爾法腳步踉蹌的穿過沙地，讓拿著停戰旗的手下拉他一把，失敗了四、五次之後，好不容易才越過柵欄，隨即消失在森林裡。

敵人的攻擊

待西爾法的身影消失後，船長立刻回頭看了小屋裡，發現除了葛雷之外，沒有一個人待在自己的崗位上，他憤怒的大吼：

「全部立刻給我回到自己的位子上去！」

我們馬上溜回自己的崗位。

船長繼續說：

「葛雷，我會把你的名字記在航海日誌上。你是個稱職的水手，能堅守自己的崗位；崔洛尼先生，你的表現讓我太驚訝了；醫生，我記得你從軍過吧？你們如此散漫，還不如去睡覺算了！」

受到如此嚴厲的責備，所有人都漲紅了臉，覺得非常羞恥。

船長沉默了一會兒，又開口繼續說：

「剛才我是故意羞辱西爾法，他應該會照他說的，不到一小時就會展開攻擊。我們人數雖少，但只要躲在要塞裡迎戰，一定能夠擊敗他們。」

接著，他巡視每個人的崗位，檢查是否有疏失。

小屋東邊和西邊的牆比較窄，這兩面牆上只有兩個槍孔。大門所在的南邊牆上也只有兩個，北邊的牆上有五個槍孔。我們有七個人，槍枝有二十把。

柴火堆成四座小山，也可以說是四個高台，分別放在四面牆的中間處，每個高台上放著子彈、火藥和四把填好子彈的槍，好讓我們隨時取用。

刀排列在小屋中央。

船長發號施令：

「醫生，你負責防守門口。從門縫開槍，別露出身體讓敵人有機可乘。亨特負責守東邊，喬伊斯守西邊。

崔洛尼先生，你的射擊技術最厲害，就請你和葛雷一起防守有五個槍孔的北邊！要是他們用爬的靠近那裡，從槍孔對裡面開槍，我們就慘了。

吉姆，你和我都不擅長射擊，我們就負責裝子彈！」

太陽一升到森林上空，霧立刻散去，沙子也變得火燙，小屋圓木的**樹脂**幾乎要融化。

我們各自堅守自己的崗位，酷熱和不安讓我們有得了黃熱病的感覺。

一小時過去了。

「可惡！氣死我了！簡直就像無風地區一樣悶！」

船長嘟囔道，喬伊斯發問了：

「請問一下，如果看見敵人的身影，可以開槍嗎？」

「我不是交代過了嗎？」

樹脂

樹幹或樹枝滲出的液體，變硬呈現紅褐色的固體。無法溶於水中，但加熱就會融化。

喬伊斯還是老樣子，畢恭畢敬的回答：

「我明白了。」

後來過了好一陣子，什麼事也沒發生。這時候，喬伊斯忽然舉起槍開槍了。槍聲還未消失，子彈就從柵欄的四面八方不斷飛過來。有些子彈命中小屋，但一顆也沒有飛進屋內。

煙霧散去後，森林依舊寂靜，沒有任何一根樹枝搖動。

船長問道：

「醫生，有幾發子彈飛到你那邊？」

「三發。」

「崔洛尼先生呢？」

崔洛尼先生說有七發，但葛雷說有八、九發。東邊和西邊則是各一發。看來敵人打算以攻擊北邊為主。

要不了多久，如雷的咆嘯聲響起，叛徒從北邊森林跳出來，朝要塞筆直衝過來。同一時刻，森林裡也再度傳來槍聲。一發子彈從門口飛進來，打壞了醫生的槍。

敵人像猴子似的爬上柵欄。

崔洛尼先生和葛雷不斷開槍，有三名敵人倒下。一人朝柵欄裡往前傾倒，兩人向後倒，掉到外側去了。掉出去的其中一人沒有受傷，只是膽怯。他馬上就爬起來，拔腿就往森林裡逃。

只不過，有四名叛徒越過柵欄闖進要塞。

另一方面，森林裡也有七、八人受到激烈槍戰的波及。有四人不斷咳嗽，一面大叫一面朝要塞猛衝過來。

手忙腳亂的我們開了好幾槍，偏偏一發也沒有命中。四個人轉眼間就爬上沙山，企圖襲擊我們。

首先，水手長安德森的臉出現在中央的槍孔，用宛如雷鳴的聲音大吼：

「大夥兒上啊！」

另一名叛徒隨著吆喝聲，搶下亨特從槍孔伸出去的槍，還凶狠的給了他一擊。亨特失去意識倒了下去。在這期間，第三個傢伙繞過小屋，突然出現在門口，高舉刀子朝醫生撲過去。

情勢頓時顛倒了。

圓木小屋中煙霧瀰漫。喊叫、槍聲、呻吟……就在這時候，聽見了船長的吶喊：

「大家拿起刀子！到外面去戰鬥！」

我從柴薪小山上抓起一把刀的同時，有別人也想抓另一把刀，把我的手指割傷了，但我幾乎沒感覺。

我從門口衝到明亮的室外。

醫生就在我眼前追著敵人奔下沙山，朝那傢伙的頭部重擊，打倒了對方。

「轉圈！大家快繞著小屋轉圈！」

我聽見船長的命令，在慌亂的情況下，我仍然察覺到他的聲音跟平常不同。

我一邊揮舞刀子，一邊繞過小屋的轉角，立刻和水手長安德森碰個正著。安德森放聲大吼，猛的把刀子高舉過頭，刀刃在陽光下閃閃發光。

我馬上朝旁邊一跳，卻被柔軟的沙子絆住腳，跌落山丘斜面。不過，葛雷立刻跟在我的後面，安德森還來不及重新展開攻勢，葛雷就砍了他。

另一個敵人企圖從槍孔開槍，也被我們打中，握著還在冒煙的手槍，在地上痛苦打滾。只有一個敵人毫髮無傷，他好不容易才逃過一劫，正企圖爬柵欄逃跑。

「開槍！從小屋裡開槍！」

醫生大叫道，大家還來不及照他的命令去做，倖存的敵人就翻過柵欄，逃到森林裡去了。

只留下五名敵人，四人躺在柵欄裡，一人倒在柵欄外。

回到小屋，我一眼就看出來我方的損傷程度。亨特在自己的崗位上昏了過去，喬伊斯的頭被射穿，一動也不動。

屋內中間的地板上，崔洛尼先生撐著船長的身體，兩人都臉色發青。

「船長受傷了。」

崔洛尼先生說道，船長立刻問醫生：

「敵人逃走了嗎？」

「逃得動的傢伙全都逃了。不過，有五個人永遠逃不了。」

聽到醫生的回答，船長放聲大叫：

「五個人！好極了！損傷程度是三人對五人，我方剩下四人，敵方剩下九人。這麼一來，我們的勝算比一開始更大。畢竟一開始是七人對十九人嘛！」

（過了沒多久，那群叛徒就只剩下八人。因為崔洛尼先生擊中的那個在雙桅縱帆船上的傢伙，當晚就傷重不治了。當然這是很久之後，我們才知道這件事。）

第五部　海上的冒險

展開海上冒險的來龍去脈

那群叛徒並沒有前來反擊，也沒有再從森林裡開槍。我們替傷者包紮，進食補充能量。在剛才那一戰中倒下的八個人裡，只剩三人還有呼吸，包括在牆邊中槍的叛徒、亨特以及斯摩萊特船長。但中槍的叛徒，在醫生替他動手術時就死了。

至於亨特，無論我們怎麼替他治療，都沒有恢復意識。他的胸骨被打碎，倒下時還摔裂了頭蓋骨，最後在當天晚上，悄悄嚥下了最後一口氣。

船長的傷勢很重，但沒有生命危險。安德森開的那一槍打碎了他的**肩胛骨**並且直達肺部，另一顆子彈則是讓他的小腿肚肌肉開花了。據醫生說，他的傷勢一定會痊癒，但必須好幾個星期不走路、不移動手臂，甚至不可以講話。我手指的傷勢，差不多像被跳蚤咬到的程度罷了。醫生替我貼包紮，還順便拉了拉我的耳朵。

吃過飯後，崔洛尼先生和醫生坐在船長身邊，三人討論了好一會兒。然後，醫生把手槍和刀子帶在身上，地圖放進口袋中，肩膀扛著長槍，翻過北邊的柵欄，快步走進森林裡。

從我和葛雷所在的地方，聽不見他們的談話，但葛雷一看到醫生走出去，甚至驚訝得忘記咬住菸斗。

「嚇我一大跳，利弗希醫生瘋了嗎？」

「不可能。假如大家都要瘋了，我想醫生一定是我們之中最後一個發瘋的人。我猜醫生一定是去和班·剛恩見面。」

後來證實，我的想法是正確的。

沒多久，小屋裡變得越來越熱，令人呼吸困難。我開始羨慕起醫生，他可以走在涼爽的森林裡，聽小鳥

肩胛骨（第211頁）

銜接手臂與軀體的骨頭。位於雙肩的後方，扁平的三角形。

叫，聞松樹的香味，而我們卻在悶熱的小屋裡，和死人及傷患共處一室。

就在我清洗血跡弄髒的地板、收拾碗盤時，內心的不滿越來越強烈。

最後，我終於忍受不住了，決心要來一場荒唐的冒險，趁沒有人注意我的時候，從袋子裡拿了乾糧塞進上衣兩邊的口袋。

接著，我拿到兩把手槍。我原本就有用牛角製成的火藥筒和子彈，這麼一來武器就足夠了。

我打算前往昨晚看見的白色岩石那裡，確認班．剛恩的小船是不是真的藏在那個地方。但我被命令不准離開要塞，除了偷溜出去別無他法。

不久，機會來臨了。崔洛尼先生和葛雷忙著幫船長換繃帶，我就趁這時候翻過柵欄，拔腿跑進森林裡。

我頭也不回的往小島的東海岸前進。太陽已經西斜。我穿梭在樹木之間，浪花激起的聲音猶如雷鳴，從前方的遠處傳來。

過了一會兒，冰冷的海風吹上我的臉頰，再往前走一些，就來到森林的邊境。

蔚藍的大海閃閃發光，水平線一望無際，海浪打在岸邊，激起白色的泡沫。

我沿著海岸邊朝南邊走，一路上找茂密的草叢當掩護，同時爬上沙洲的最高處。後方是外海，前方是船隻停泊的海灣。

正巧在這時候，太陽西沉到望遠鏡山後面，不一會兒霧變濃了，天色也越來越暗。我得盡快找小船，不能再拖拖拉拉的。

白色岩石位於沙洲往前大約兩百公尺的地方。我在草叢裡穿梭並不斷前進，好不容易抵達岩石的時候，四周幾乎一片黑暗。岩石下方有一塊小小的窪地，窪地正中間搭了一個羊皮的小帳篷。

我走下窪地，拉開帳篷的邊緣，發現了班・剛恩的小船。它的骨架是用堅硬的木頭製成，外面繃著羊皮，有毛的那一面向著內側。船的尺寸以我的身材都覺得很小，大人根本坐不進去。

小船上釘著一片乘坐用的木板，兩側各有一把划水用的船槳。外型不怎麼好看，但很輕，利於搬運。

我看著這艘小船，又想到另外一趟冒險，無論如何都想試試看。

那就是隱身在黑暗中溜出海，偷偷割斷伊斯帕尼奥拉號的錨繩，讓它隨風吹上海岸。

自從我們今天早上擊退那群叛徒，我推測他們最想做的就是收起船錨，帶著寶藏遠走高飛。要是我能破壞他們的計畫，那就太棒了。

當天晚上非常適合執行我的計畫。霧完全遮蔽住夜空，黑暗蒙上整座小島。

我扛著皮製小船，跌跌撞撞爬出窪地。放眼望去只看得見兩種情景。一是岸邊的火堆，周圍有人喝酒喧鬧。

另一個是黑暗中的朦朧亮光，從船尾窗戶散發的強烈燈光，投射在濃霧上。

潮水早已退去，我必須穿過猶如沼澤般濕滑的沙灘。我的腳陷入沙地好幾次，甚至淹過腳踝，好不容易才走到水邊，將皮製小船放到水面上。

隨著退潮

皮製小船輕而易舉就浮在水面上，但非常難以控制方向，令人傷透腦筋。無論我怎麼划，小船總是往下風處流去，而且不停轉圈。若不是靠海潮幫忙，恐怕抵達不了大船。

不過，幸運的是無論我怎麼划，海潮都會推著小船前進，把我帶到伊斯帕尼奧拉號的停泊處。

最初，伊斯帕尼奧拉號就像黑夜中的一個模糊的小污點，漸漸的開始顯現出船的外型。

海潮的流動越來越快，皮製小船終於來到錨繩的旁邊，我馬上伸出手抓住它。錨繩像弓箭的弦一樣繃得很緊，一旦用刀割斷，船立刻就會被沖走吧？

船被沖走無所謂，但錨繩繃得這麼緊，割斷它的同時，肯定會像愛踢人的馬匹一樣，把我和皮製小船彈飛。在我苦惱著不知該怎麼做才好的時候，一陣風吹來把船往回推，我手上握的錨繩就鬆弛了。

我當機立斷，掏出刀子把錨繩的**撚繩**一根接著一根割斷，最後終於只剩兩條撚繩和大船繫在一起。等下一陣風吹來，錨繩又變鬆的時候，我再割斷剩下的兩條撚繩。

在我割斷錨繩時，船艙不停傳來很大的說話聲。其中一人是夫林特以前的砲手，也就是舵手漢茲。除了他，還有另外一個聲音。

兩人都喝得爛醉，大聲爭吵，彷彿下一秒鐘就要打起來似的。

撚繩

為了做出粗壯又堅固的錨繩，會將好幾條細繩，以螺旋狀的方式搓撚在一起。撚繩指的就是細繩。

岸邊清楚可見熊熊燃燒的火堆，慵懶的船歌不斷傳來。

七十五個人出海，

倖存者卻只有一人。

後來又颳起一陣風，錨繩又鬆弛了。我使出全力割斷了剩下的兩條捻繩。大船越來越靠近，眼看就要撞上我的皮製小船。我拚了的划槳，把小船划向船尾。好不容易來到船身旁邊，碰到了垂掛在船舷外的細繩。我立刻抓住繩索，同時也想從船艙的窗戶偷窺裡面的情況。我將繩索拉近自己，挺起上半身，就能看見船艙裡的一部分。

這時候，大船已經快速流動了起來，負責看守的人明明應該察覺到，卻沒有驚慌失措，實在很奇怪。我瞄了船艙一眼，立刻就知道沒人警覺的原因了。漢茲和另一名留守的扭打在一起，互相勒住對方的脖子。我馬上坐回小船上，要是動作再慢一點，恐怕就會跌落海裡。

這時候，皮製小船突然傾斜，我嚇了一大跳。四周的海面滿是浪花，還散發著很像**磷**的微弱光芒。

大船搖搖晃晃行駛在距離幾公尺的前方，小船則是在大船激起的漩渦中不停旋轉。

我回頭看，心頭一驚。野營的火堆已經落在遙遠的後方。流動的海潮推擠著大船和小船，速度越來越快，流向外海。

眼前的大船忽然改變了方向，船裡也同時響起叫喊聲，還聽見快步爬梯子的聲音。想必兩名醉漢也終於察覺到情況不對勁，暫時停手了吧？

我緊貼在破爛的皮製小船船底，向上帝祈禱。隨著一波接著一波的大浪搖晃，偶爾被濺到船裡的浪花淋

磷

元素（構成物質的最基本實體）的一種。特性是接觸空氣會自燃，在昏暗處會呈現藍白色。磷本身不存在於自然界，而是以磷酸鈣的形式，存在於土壤中、動植物體內。

濕，我心想，這一次真的完蛋了。

就這樣過了好幾個小時，漸漸的，疲憊戰勝了恐懼。我明明害怕得不得了，但內心卻變得麻木恍惚，最後竟然睡著了。隨著海浪起伏，我夢見了故鄉，以及懷念的「班波提督」。

皮製小船的流浪

一醒來早已天亮，小船在小島西南方邊境的海面漂流。太陽雖然已經升起，卻還躲在高聳的望遠鏡山背後，目前仍看不到它的身影。山的這一側，面向大海形成聳立的陰影。

帆索海角和後桅山就在旁邊，山很禿而且偏黑，海角是十四、五公尺高的峭壁，邊緣有許多從山丘掉下來的岩石。

我的皮製小船位於距離陸地不到四百公尺的地方，原本考慮划回岸邊然後上岸，但我很快就放棄了。凶猛的浪頭不斷打在凹凸不平的岩石上，一旦靠近，肯定會被重摔在岩石上而死。

危機還不只如此。我看到如同平台的岩石上，有五、六十頭又黏又滑的巨大怪物，湊在一起繞來繞去，或是發出驚人的叫聲後跳進海中，叫聲迴盪在岩石間。

後來我才知道，那是名叫**北海獅**的動物，一點也不危險。

小船就這樣漂著漂著，最後來到一個更容易上岸的地方。沿著小島西南方邊境的海角到西邊海岸，出現了黃色的沙地，北邊還有另一個海角，直到水邊都長滿了松樹林。這就是地圖上被稱作「森之海角」的地方。

按照西爾法的說法，沿著這片西海岸，會出現向北流的海潮。我已經乘著這股海潮，只要隨波逐流，從「森之海角」上岸就行了。

我這麼想，想盡辦法要划小船接近海岸，但海潮卻殘忍的把小船推向海角的另一頭，眼前是寬廣的大海。

北海獅
和海獅很像的大型海洋動物，有魚鰭般的腳。體長約四公尺，體重可達一噸。主要棲息於北太平洋。

就在這時候，我看見了一個出乎意料的情景。伊斯帕尼奧拉號揚起帆，行駛在正前方不到八百公尺遠的海面上。

伊斯帕尼奧拉號升起主桅的大帆，以及兩面**三角帆**，雪白的帆布在陽光照射下，散發出似雪又似銀的耀眼光芒。

船帆被風吹得飽滿，船隻往西北方前進，一開始我以為船上那群傢伙打算繞小島一周，回到原來停船的海灣，沒想到船隻又忽然轉向往西邊前進。走著走著，又讓船帆從正面迎風，船帆不停抖動，船隻也停在原地。

（那群人開船的技術真差，八成又喝醉了。）

大船仍舊漫無目的的東漂西移，感覺像是沒有人負責掌舵，或許船上那群傢伙全都醉倒了。假如真是如

三角帆

從桅杆朝船頭斜掛的三角形船帆。改變船隻行進方向時，最初移動的就是這面帆。（請參考第130頁的插圖）

此，也許可以趁機跳上船，把船搶回來。

我鼓起勇氣，一挺起身體，浪花立刻潑上來，我使出全力朝大船划過去。皮製小船越來越靠近大船，甲板上一個人也沒有。

不久，大好機會降臨。船受到海潮流向的影響，船頭緩緩轉向我。不過，從位於低處的皮製小船仰頭看，船的邊緣實在很高，根本爬不上去。

就在這時候，皮製小船被推到浪頭的頂端，大船則是從前面那個浪頭降下來。**船首斜桅**就在我的頭頂。

我立刻站起來，從小船用力一蹬跳了上去。單手抓住船首斜桅，一腳勾住**牽索**，氣喘吁吁的緊緊攀住，就在這時候，傳來咚的一聲悶響。皮製小船撞上大船後整艘解體，我無處可逃，只得留在伊斯帕尼奧拉號上。

船首斜桅

位於船頭，突出於斜上方的木材，又名艏斜桅。（請參考第130頁的插圖）

牽索

從桅杆頂端斜斜延伸，為了支撐桅杆的粗繩，又名拉索。（請參考第130頁的插圖）

卸下海盜旗

我一把腳掛在船首斜桅上，三角帆就被反向的風吹得膨脹。由於風向改變，連船底的**龍骨**都劇烈震動，我差一點就被彈到海裡去。我連忙爬下船首斜桅，倒栽蔥滾落甲板。

我站在前方甲板。主桅的帆鼓滿了風，遮蔽了部分的後方甲板，但放眼望去沒有任何人影。

自從那群水手叛變後，甲板似乎從未清洗過，滿是腳印。有一支瓶頸破掉的空瓶，像隻生物般站在甲板的排水孔裡。

伊斯帕尼奧拉號突然直直轉向上風處。後方的三角帆發出巨大聲響，舵也喀噠一聲動了起來。整艘船浮起來不停抖動，震得我好想吐。同一時刻，牽索摩擦滑輪發出軋軋聲，主桅下面的帆桁往船的內側旋轉，讓我看到了位於下風處的後方甲板。

有兩個人躺在那裡。一人戴著紅色的帽子，臉朝上像枝木棒僵硬的躺著。雙臂像十字架一樣往兩側伸出去，張開的嘴露出了牙齒。

舵手漢茲則是靠在船緣，下巴抵在胸膛，雙手下垂攤開，就這樣癱在甲板上。原本曬得黝黑健康的臉，變得像蠟燭一樣毫無血色。

大船就像發瘋的馬，時而彈起時而往橫向搖晃。每當船轉換方向，紅帽子的水手就會到處滑來滑去。令人毛骨悚然的是，即使他不斷被甩來甩去，仍舊維持原本的姿勢，露出牙齒彷彿在笑的表情也沒有改變。

隨著船高高彈起，漢茲的身體就越來越往下滑。暗

龍骨

從船頭貫穿船尾，船體底部中心部分的建材。把船的構造比喻成人體，就像脊椎骨一樣重要。

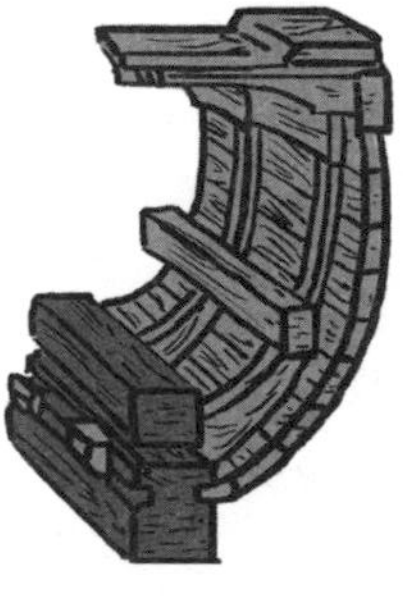

黑色的血潑灑在兩人四周的甲板上，他們肯定是喝醉之後互相殘殺，錯不了。

這時候，漢茲一面掙扎，一面發出低沉的呻吟，看來是奄奄一息，垂著下巴的模樣，看起來十分可憐，但回想起躲在蘋果桶中偷聽到的話，我的憐憫心也煙消雲散了。我走到船尾叫了他。

「漢茲，我上船了。」

漢茲痛苦的睜大了雙眼，受盡了折磨，甚至沒力氣吃驚，好不容易才擠出這些話：

「給我白蘭地。」

若是動作太慢，他說不定真的會死掉，我趕緊衝下去船艙。

船艙裡被翻得亂七八糟。看來是他們為了找地圖，所有上鎖的地方都遭到破壞，無一倖免。地板沾著濕漉漉的泥巴，那群叛徒肯定是去過沼澤後，雙腳髒兮兮就闖進這裡。

我走進糧食儲藏室，所有的酒桶都不翼而飛，酒也被喝乾只剩空酒瓶。他們一定每天都在灌酒。

我到處翻找，替漢茲找到幾瓶還有剩下白蘭地的酒瓶，還拿了自己要吃的餅乾、葡萄乾和起司。

來到甲板，首先我走向裝水的木桶大口喝水，接著走到漢茲的身邊，將白蘭地拿給他。漢茲一股作氣把酒喝乾。

我隨意找個地方坐下，一邊吃著從儲藏室拿來的食物一邊問：

「你的傷勢很嚴重嗎？」

漢茲低吟道：

「如果那個醫生還在船上，一定很快就會沒事，偏偏我運氣不好。對了，你是從哪裡上來的？」

「我是來占領這艘船的，所以你暫時把我當作船長吧！先別管我從哪裡上來，我不能讓那面旗子一直掛在上面，我要拿下來。」

我走向旗繩，拉下海盜的邪惡黑旗並拋向海裡，然後甩著帽子大喊：

「國王陛下萬歲！西爾法船長完蛋了！」

漢茲依舊把下巴抵在胸膛，用狡猾的眼神注視我。

「吉姆船長，接下來你應該想上岸吧，我們好好商量下一步。」

「好啊，我很樂意。」

漢茲無力的用下巴指了屍體並說：

「這傢伙和我打算把船搶回來，才把旗子升上去。沒想到這傢伙竟然死了，這麼一來，又有誰能駕駛船？至於你，除非我教你，否則根本辦不到。所以說，你聽好，只要你拿食物和飲料給我，還有替我包紮傷口，我就教你怎麼開船，這樣很公平吧？」

「我先聲明，我可不會把船開回海灣，我打算把船開去『北之海灣』。」

「你真是個精明的傢伙，竟然看穿了我的詭計，你贏了。你要去『北之海灣』是嗎？算了，我也沒辦法，就幫你一把吧！可惡！」

就這樣，過了三分鐘，船隻就順著風，沿著小島的西海岸往北邊行駛。照這個情形，中午以前就能繞過「北之海角」，在**滿潮**時進入「北之海灣」，等潮水退了就能上岸。

我先把舵綁起來，防止它亂動，接著幫漢茲的大腿傷口纏上繃帶。漢茲吃了一點食物，又喝了一、兩口白蘭地，精神變得好多了。

風勢很強，船乘著風像鳥兒般飛快前進。我第一次這樣指揮別人，有些得意。瞞著要塞的那些同伴偷溜出來的歉疚也因為這次的驚人成就減輕了不少。

不過，我唯一介意的就是，漢茲的雙眼追著我的身影跑，不時露出詭異的淺笑，他嘲弄的神情讓我有種又要遭背叛的預兆。

滿潮
月亮或太陽的引力讓海水滿起，水面最高的時候。

伊斯雷爾・漢茲

風向如我所願，目前已經轉向西邊。多虧了這陣風，船輕而易舉就抵達「北之海灣」的入口，但滿潮之前沒辦法駛近岸邊，只能耐心等待。我按照漢茲教導的方式，把船停在遠處的海上。

船一停，漢茲就露出詭異的邪惡笑容說道：

「對了，吉姆，我想拜託你做一件事。你下樓去船艙，替我拿一瓶……可惡，我想不起來名字。就是，你幫我拿一瓶葡萄酒來，這瓶白蘭地太烈了，讓我頭好痛。」

漢茲語塞的模樣怎麼看都很可疑。看來他想叫我離開甲板，不知道在打什麼壞主意。

漢茲沒有正眼看我，眼神游移。他想騙我是毋庸置疑的，我故意假裝沒發現並回答他：

「好啊！不過，我想我得找一下吧。」

我衝下梯子時盡可能發出很大的聲響，接著迅速脫掉鞋子，跑過樓下的通道，爬上船頭的梯子，從前方甲板的出入口探出頭偷看。

漢茲用雙手和雙膝，扶在地板上撐起身體。走動似乎會讓他的腿產生劇痛，他咬著牙，強忍住呻吟。

即使如此，他仍舊用很快的速度在甲板爬行，爬到左邊的船舷後，便從一捲繩索中拿出一把連刀柄都沾滿血的短劍。他連忙把短劍藏在毛外套的胸前口袋，回到原本的地方並靠在船緣上。

知道這些就夠了。漢茲不但可以行動，還打算用那把短劍殺了我。只是，如果現在就動手，靠他自己也沒辦法開船回到岸邊，所以在我完成任務以前，他不會攻擊我。

我一面思考這些事，一面偷偷溜回船艙並穿上鞋子，拿著葡萄酒瓶回到甲板。漢茲用同樣的姿勢躺在原地，假裝虛弱又怕光似的閉上雙眼。我一靠近他，他就抬起頭，很熟練的敲破酒瓶脖子，喝下一口葡萄酒。

接著他一反常態，嚴肅的說：

「我啊，這三十年來到處航海，做了很多好事和壞事。可是啊，坦白告訴你，我從來沒有因為做了好事，就得到好運，所以我相信凡事要先下手為強，死人不會跳起來咬你，阿門，就這麼簡單。」

接著，他又忽然改變態度補充道：

「過去的荒唐事就說到這裡吧！潮水漲得越來越高了，照我的話去做，吉姆船長。把船開進海灣，讓我們一起完成這項重要的任務吧！」

船所需要行駛的距離不到三公里，但操控船真的很不簡單。北邊停泊處的入口，不但狹窄而且水淺，還橫跨東西方，要把雙桅縱帆船開進海灣，必須有高超的技巧。

我自認為駕駛技術不錯，是個伶俐的助手，漢茲也的確是個優秀的**領航員**。我們合力操控著船，讓船頭正確又巧妙的掠過海岸，同時讓船身左閃右閃，避免碰撞順利的駛進海灣，那過程真令人愉悅。

漢茲說：

「你看那裡。那片沙地非常平坦，用來停船再適合不過了，而且現在一點風也沒有。」

「那麼，把船開上沙地，下次要出海時該怎麼做？」

我問道。

「我告訴你。」

他回答：

「退潮時拉著繩索到對岸去，把繩索在那棵高大的松樹上繞一圈，然後拉回來捲在**起錨機**上，等待漲潮。

領航員

通過港口或狹窄的海灣時，協助船長並引導船隻航行的人。為避免相撞、擱淺等事故發生，許多國家都會制定必須有領航員搭船隨行的水域。

起錨機

捲著繫住船錨的繩索或鎖鏈，將船錨從海底拉起的機器。

等到漲潮了，所有人一起拉那條繩索，船就像是自己會動似的，毫不費力就能出海。

好了，小子，準備吧！目標很近，船速不要太快。稍微打向**右舷**，就是這樣，航向不變，右舷，稍微打向**左舷**，航向不變，直走！」

我非常專注的聽從漢茲的指示。不久，漢茲大喊：

「好，小子，把船頭朝向上風處！」

我使盡力氣轉舵，船改變了方向，朝長滿矮樹叢的海岸筆直前進。

至今我一直留意著漢茲的情況，但操縱船舵稍微轉移了我的注意力，讓我有些分心。我從右邊船舷探出頭，注視著海水在船頭前激起漣漪，眼巴巴的等待船開

右舷
航海用語，意為「使船向右航行」。

左舷
航海用語，意為「使船向左航行」。

上岸。

就在這時候，我的心頭閃過一抹不安。一回頭就發現漢茲拿著短劍逼近我，我們四目交接的當下，兩個人都放聲大叫。

漢茲撲向我，我橫向往旁邊跳開。我一放開船舵，舵柄就順勢反彈並擊中漢茲的胸口，讓他暫時動彈不得。

我趁機逃離他的威脅，來到寬敞的甲板上。我在主桅前面停下腳步，從口袋掏出手槍。漢茲站了起來，再度撲向我。我冷靜的瞄準，扣下扳機。

擊錘響了，但沒有火花也沒有聲音。火藥被海水濡濕，無法引爆。為什麼沒有重新換過火藥？我對自己的粗心感到懊惱。

擊錘
讓槍發射子彈的裝置之一。扣下扳機後，擊錘就會用力撞擊發火裝置使其點火，並讓子彈發射。

漢茲明明受傷了，動作卻還是敏捷得嚇人。他那張被半白頭髮蓋住的臉，因焦急與憤怒漲紅得像一面**商船旗**。我趕緊躲到粗壯的主桅之後，繃緊神經備戰。

漢茲看我打算脫逃，當場停下腳步。

漢茲屢屢用刀攻擊我，我也不斷閃躲。我經常在故鄉海灣的岩石旁跟朋友玩類似的遊戲，從來沒有像現在這樣心驚膽跳。

就這樣，船在我們互相瞪著對方時上了岸，船身晃動並向左邊劇烈傾斜，轉眼間甲板就呈現四十五度角。

我們兩人都翻了一圈，跌成一團滾到排水孔那裡。戴著紅帽子的那具屍體，就這樣攤開雙臂朝我們滾過來。我的頭撞上漢茲的腳，漢茲和屍體纏在一起，不停掙扎。

商船旗
顯示該船為商船（客船或貨船），做為記號的旗幟。許多國家會使用國旗，在英國則是使用紅底旗幟，只有一小部分印上國旗。

我率先跳起來，隨即撲上後桅的支索，一邊拉近繩索一邊往上爬，直到爬上桅桿頂端的橫木坐下後，終於鬆了一口氣。

多虧我動作迅速，才能撿回一條命。就在我爬上繩索時，漢茲扔出的短劍就插在我的腳邊。

這麼一來，我終於能夠稍微喘口氣，同時立刻更換手槍的火藥。漢茲見狀，驚覺自己的立場非常不利，顯得驚慌失措。

漢茲猶豫了好一會兒，最後終於拔起短劍咬在嘴裡，緩慢爬上支索。要抬起那條受傷的腿似乎很吃力，他三番兩次發出了呻吟聲。

我兩手同時舉起手槍對他說：

「漢茲，你再靠近一步試試看，我會打穿你的頭。死人不會跳起來咬你，這是你說過的話。」

我這麼說，嘻嘻笑著。漢茲放棄往上爬，看來正在努力思考對策。他取下嘴裡咬的短劍，嚥下一、兩次口水後，苦惱的說：

「吉姆，我們的處境都很艱難，必須好好談一談。假如船沒有晃得那麼厲害，我早就幹掉你了，我的運氣真的很差，我決定投降。不過啊，吉姆，我這麼一個甚至當過船長的人，竟然對你這種小鬼低頭，我真的好不甘心啊！」

我就像跳上圍牆的公雞般得意洋洋的笑。

就在這時候，漢茲舉起了右手，下一秒鐘，有個東西像箭一般破風而來。如同挨揍般的感覺伴隨著劇痛，原來是短劍將我的肩膀釘在桅桿上。

當下的劇烈疼痛和驚愕，讓我不自覺扣下了扳機。兩把手槍都發射了，並從我的手中滑落。

漢茲發出窒息般的悶叫聲，鬆開抓住支索的手，倒栽蔥掉進了海裡。

由於船身傾斜，長長的桅桿不時刺向水面，我坐在頂端的橫木上，下方就是海面。

漢茲沒有爬得很高，就掉在船舷附近的海面上。白色泡沫和紅色鮮血像肥皂泡沫般冒出，漢茲的身體一度浮起，隨即又沉下去，然後再也沒有浮起來。

海面平靜後，船舷陰影下的水底，我看見漢茲蜷縮著身體，就躺在水底閃閃發光的沙子上。有一、兩條魚掠過他的屍體，游了過去。水一晃動，屍體也跟著搖動，彷彿下一秒鐘就會站起來似的。但是，漢茲是千真萬確的死了。

當我一體認到這個事實，頓時一陣作嘔，幾乎要昏厥。

肩膀的傷口就像有燒紅的鐵壓在上面一樣痛，但這股疼痛我還能忍受。我無法忍受的是，好害怕自己會從桅桿的頂端，掉進那片寧靜的綠色大海，然後沉到漢茲屍體的旁邊。

我死命攀住橫木，用力到指甲都痛了，甚至閉上雙眼，以防看到可怕的景象。漸漸的，我的心慢慢平靜下來。短劍只扎進表皮，在我發抖的時候，短劍自然脫落了，我扯開上衣和襯衫就脫困了。

之後，我沿著支索爬下甲板。

我立刻下樓到船艙包紮傷口。傷口痛得厲害，血流不止，但不影響手上的動作。

回到甲板，我環視四周。這艘船已經可以說是屬於我的。於是，我決定收拾船上最後一位客人——也就是歐布萊恩的屍體。

歐布萊恩就像一具模樣噁心的娃娃躺在那裡。我早已習慣殘酷的冒險，對死人幾乎失去了恐懼；於是我像扛起裝穀物的麻袋一樣，抓起屍體的腰部扛起來，丟到船外去。

屍體落在水面發出巨大聲響之後便沉入大海，只剩下紅色帽子脫落，漂浮在水面上。

水面靜止後，我看見歐布萊恩的屍體和漢茲的屍體排在一起，魚在兩人的上方敏捷的游來游去。

船上只剩下我一人。太陽眼看就要西沉，晚風吹起，船的桅杆和船帆的繩索也發出低沉的聲響，垂下的船帆啪噠啪噠的隨風飄舞。

若讓船帆繼續張著，船恐怕又會飄走。三角帆已經掉在甲板上，但主桅的帆可不能置之不理。實在逼不得已，只好掏出刀子切割牽索。船帆應聲掉了下來，整張飄浮在海面上。

這時候，四周已經變暗了。海潮逐漸退去，船身也越來越傾斜，最後幾乎接近橫倒的狀態。

我爬上船頭窺探下方。水看起來很淺，我抓住想割斷的錨繩，滑下海面。水深不及腰，我留下伊斯帕尼奧拉號，朝岸邊走去。

就這樣，我終於上岸了，而且還把船從叛徒手中搶回來。我迫不及待的想趕快回到要塞，向大家報告自己的功勞。

我擅自離開要塞，或許會遭到責罵，但只要聽到我把船搶回來了，相信他們不會再追究，想必連船長也會肯定我沒有坐以待斃。

我精神百倍的朝要塞前進。一面回想地圖一面走，天色越來越暗，連大概抓個方向往前走都相當困難。有時被草叢絆住腳，有時因沙地凹陷而跌倒，即使如此，我還是繼續前進。

走著走著，四周忽然變亮了。月亮漸漸爬上望遠鏡山的山頂，受到月光的鼓舞，我也加快腳步趕路。

但是，一走到要塞前的森林，我便放慢腳步，小心謹慎的前進。若是同伴誤認我為敵人而開槍，難得的冒險也會變成悲劇。

我總算走到要塞所在的空地了。月光已經照亮了西方的邊境，但圓木小屋依舊被黑影籠罩。

小屋的對面有大火堆燒完的灰燼，形成了紅色的亮光。小屋裡似乎沒有人在，除了微風吹過，四周鴉雀無聲。

我覺得事情不對勁，同時也有點害怕，立刻停下腳步。我的同伴不會燒那麼大的火堆，船長非常囉嗦，動不動就提醒大家要珍惜柴火。我不在的時候，這裡是否發生了什麼不好的事？

我隱身在黑暗中，從最暗的地方翻過柵欄，然後用爬的偷偷接近小屋。不一會兒，我就放下了心中的大石頭，因為我聽見了很大的鼾聲。平常若這個鼾聲就在我旁邊，肯定會覺得吵死人。唯獨這時候，聽起來像讓人開心的舒服音樂。

大家都平安無事，可是守衛未免太鬆懈了。西爾法他們要是跑來偷襲，所有人都會被殺光啊！是因為船長受傷，才會讓這種情況發生吧？

這時候我已經站在門口。屋子裡一片漆黑，伸手不見五指。除了無止盡的鼾聲，偶爾還聽見啪嗟啪嗟、叩滋叩滋等各種奇妙的聲響。

我把雙手伸向前，一面走進屋內。我打算睡在自己原本看守的地方，到了早上，看看大家會有多麼驚訝。想到這裡，我就不由得偷笑。

我的腳撞到了柔軟的東西，是躺著睡覺的人的腳。那人翻了身但沒有醒來。

就在這時候，黑暗之中突然響起高亢的叫聲：

「八印銀幣！八印銀幣！八印銀幣！八印銀幣！」

沒有間斷，毫無變化，猶如**水車**旋轉般，用相同的聲調不停重複。這是西爾法的綠色鸚鵡「夫林特船長」的聲音。啪噠啪噠、叩滋叩滋的聲響，就是來自這隻鸚鵡。這傢伙比人類還要盡責的看守，吵鬧的通知其他人我來了。

睡著的人還來不及驚訝，全都彈起來了。西爾法聲量驚人的怒吼道：

水車
利用河川等水流動的力量轉動輪軸，藉此獲得動力的裝置。用來推動石磨，將穀物（稻米、豆子、麥子等）磨成粉。

「是誰？」

我原本打算掉頭逃走，卻有人狠狠撞了我一下，我就彈到另一個人展開的臂彎裡。這傢伙抓住了我，用力把我壓制住。

西爾法的聲音這麼說：

「拿**火把**來！」

有人走出小屋，沒多久就拿了火把回來。

火把

照明器具之一。將枯萎的松木含有較多樹脂的部分，或是竹子、蘆葦、茅草捆成一束，點燃前端用手拿，用於照明。

第六部　西爾法船長

身處敵陣

火把的紅色光芒照亮了圓木小屋的室內，我立刻明白小屋裡發生了無比嚴重的事情。那群叛徒奪走了小屋和糧食。更可怕的是，並沒有跡象顯示我的同伴成了**俘虜**，他們恐怕全被殺了。我心想，早知如此，我寧願和大家一起被殺死算了。

叛徒一共有六人，其他人都死了。有個人正要撐起手肘爬起來，他的臉色慘白，頭上纏著滲血的繃帶，應該就是昨天攻擊要塞時中槍逃回森林的那傢伙。

鸚鵡停在西爾法的肩上，正用牠的喙在整理羽毛。

西爾法的臉色比往常要蒼白一些，神情嚴肅，身上依舊穿著他來**交涉停戰**時的那套華麗衣服，但衣服沾滿泥土，還被荊棘扯破了。

「真是嚇了我一大跳，吉姆竟然從天而降呢！你來得正好。」

西爾法這麼說，一屁股坐在白蘭地的木桶上，一邊替菸斗填入菸草，一邊對同伴這麼說：

「大家不用站著，坐下吧！吉姆會允許的。對了，吉姆，我這個低賤的西爾法老爹，真是又驚訝又高興呢！」

我沒有回答，他們把我圍住，我背靠牆站著，目不轉睛看著西爾法，看似冷靜，其實內心絕望到一片黑暗。

西爾法繼續說：

「吉姆，我一直很欣賞你，你是個活潑的孩子，和年輕時風度翩翩的我非常像。我一直希望你能夠加入我們，為我們努力工作，將來成為一名上流人士。事到如今，你也沒有別的選擇了。

俘虜（第251頁）
在戰場上被敵人活捉，並遭到限制行動的人。在國與國之間的戰爭，對於能夠俘虜的對象、對待俘虜的方式都有一定的規定。

交涉停戰（第251頁）
和戰爭有直接關係的人（敵我雙方），協商暫時停止打仗。

斯摩萊特船長的確是個了不起的航海人，但他太過講求紀律，我勸你最好再也不要跟著他；還有那名醫生，他認為你很壞，說你是『忘恩負義的臭小鬼』呢！你再也沒辦法回到同伴的身邊，就算回去了也沒有人會理你。即使你想組織另一個隊伍，孤單的你也無能為力吧？到頭來，你只能加入我西爾法船長這一組啦。」

聽到西爾法這番話，我鬆了一口氣。我的同伴還活著。對於我瞞著他們偷溜出去的事，他們是該憤怒，我不介意他們生氣，反而慶幸他們平安無事。

西爾法又說了：

「你成為我們的俘虜，應該明白你已經無法自由行動了吧？不過，不重要。我是個可以商量的人，威脅並不會讓事情變得更順利。如果你願意加入我們一起行動，那就來吧！如果你不願意，我也無所謂。」

「你的意思是，我非回答你不可嗎？」

我問道，聲音抖個不停。

西爾法說得輕鬆，像是在開玩笑，但如果我拒絕加入他們，他絕對會殺了我。我的雙頰發燙，心跳快到胸口好痛。

「吉姆，沒有人催你做決定，你仔細考慮看看。」

我大膽提問：

「如果你非得要我選邊站，那就把事情的來龍去脈說個清楚，為什麼你們會在這裡？我的同伴又在哪裡？」

一名叛徒低吟道：

「說個清楚？我們為何要告訴你！」

「你給我閉嘴！」

西爾法厲聲斥責插嘴的人，接著又恢復溫柔的語氣回答我：

「應該是昨天吧？一大早，利弗希醫生就舉著停戰旗來找我，對我說：

『西爾法船長，你的同伴背叛你了！那艘船不知道開去哪裡了。』

聽到醫生這麼說，我往海灣一看，混帳啊！寶貴的船真的不見了！所有人都目瞪口呆。然後，醫生接著說：

『對了，我們來個交易吧！』

於是，我們兩人就交換了條件，事情就變成你現在看到的樣子。糧食、白蘭地、圓木小屋、你們劈好的柴火，原封不動都交到我們的手上。

他們沒精打采的離開了，現在人在哪裡，我也不知道。」

西爾法抽了一口菸斗繼續說：

「而且啊，我把當時他們最後說的話告訴你，你就知道他們是怎麼看你的了。

『有幾個人離開了要塞？』

我問，醫生回答我：

『四個人，其中一人受傷了。我不知道吉姆那傢伙現在在哪裡，也不想管他會有什麼下場，我受夠了那小子。』

聽到沒有？他是這麼說的。」

「也就是說，我必須決定跟隨哪一方。」

「沒錯，你必須做出選擇。」

「是嗎？我不笨，我很清楚接下來會有什麼遭遇。隨便你們要怎樣對待我都可以，認識你們之後，我看過太多人死了。可是，有兩件事我得先告訴你們。」

我激動的繼續說：

「首先，你們目前的處境很艱難。船沒了，找不到寶藏，人數也減少了，所有事情都一塌糊塗！我告訴你們是誰搞的鬼吧！就是我！看見小島的那天晚上，我躲在蘋果木桶裡，聽到了你、迪克和漢茲的談話，你們說的話，我全都稟報給醫生他們知道了。

還有，關於那艘船，割斷錨繩的人是我，幹掉看守船的人也是我，把船開到你們找不到的地方，還是我！

這次的冒險，打從一開始就是我一路勝利，你們就跟蒼蠅一樣渺小，我一點也不害怕。要殺要剮，隨你們高興吧！

不過，假如你們放我一條生路，至今所發生的事，我願意一筆勾銷。將來你們接受審判時，我會盡我的所能幫助你們，救你們出來。該做出選擇的人是你們才對。

看你們是要再殺一個人，做出毫無助益的事，還是要留我活口，讓我當證人，將你們從絞刑台上救下來。」

我說到這裡就中斷了，坦白說，我上氣不接下氣。沒想到，沒有人敢輕舉妄動，全都像綿羊一樣乖巧的注視著我。於是我又開口了：

「所以說，西爾法，我認為你是在場的所有人當中最了不起的一個人。假如我遭到殺害，希望你能通知醫生，告訴他我死得如何光明磊落。」

「我會好好記住！」

西爾法說道。他的口氣非常奇怪，不知是在嘲笑我的請求，還是佩服我的勇氣。

這時候，一名臉蛋曬得像**桃花心木**般又紅又黑的水手大叫道。他的名字叫作摩根，我曾經在西爾法的酒館見過他。

「我想起來了！這個小鬼還幹過另外一件事，在西爾法的店裡發現『黑狗』的人，就是這小鬼！」

西爾法補充道：

「還有從比利．龐斯身上偷走地圖的人，也是這個小鬼。從頭到尾，我們都是託吉姆小朋友的福，一路讓他牽著走啊！」

「看我教訓他！」

摩根放聲大叫，氣勢十足的抽出刀子並跳起來。

西爾法立刻嚇阻他：

「住手，摩根！你以為你是誰？你自以為是船長嗎？別囂張了！你知道這三十年來，反抗我的人是什麼下場嗎？有的被吊在船桁上，也有人被扔出船成了魚餌，你給我記清楚了！」

桃花心木

樹葉一整年都呈現綠色的熱帶植物。樹幹直挺，高度可達三十公尺，會結長約十公分的雞蛋形果實。呈現褐色的木材相當堅硬，不會彎斜且具有美麗的木紋，非常適合用於家具木材及建材。原產地是西印度群島、北美的佛羅里達州。

摩根退縮了，其他人卻開始嘟囔道：

「摩根說得沒錯。」

「我再也不想受人指使了！」

西爾法右手拿著點火的菸斗，從木桶上向前探出身子怒吼道：

「想和我一決勝負嗎？有種的話就站出來，我奉陪！我活到這把年紀可不是白活的！

事到如今，你們這群廢物想為所欲為，難道我會坐視不管嗎？決勝負的方式，你們都知道吧？畢竟你們都認為自己是獨當一面的海盜。

好了，有勇氣的傢伙快拿起短劍吧！我會撐著拐杖，在菸斗沒抽完之前，就把那傢伙的內臟給掏出來！」

沒有人採取行動，也沒有人答話。

西爾法把菸斗湊回嘴邊補充道：

「我就知道你們沒那個膽。沒錯，反正你們每個人都是虛有其表，不值得我對付。我可是透過選舉才當上船長的！你們連像個海盜堂堂正正的戰鬥都不願意，那就乖乖聽我的話吧！

我啊，很喜歡吉姆，從來沒見過這麼聰慧的孩子，你們就算兩個草包加起來也比不上他一個人。所以我先聲明，要是有人敢動這孩子一根寒毛，我就跟那個人拚命，明白了嗎？」

之後是一段漫長的沉默。我仍然站著靠在牆上，心臟就像有大鐵鎚在敲打似的撲通撲通響，但我的心中燃起了一線希望。

西爾法雙手抱胸，把菸斗橫著咬，猶如待在教會般鎮靜。即使在這時候，他依然用眼神掃瞄四周，毫不鬆懈的盯著這群粗暴的手下。

他的手下逐漸聚集在小屋的一角，竊竊私語。

每當他們偶爾抬起頭，火把的紅色光芒，就會照亮他們亢奮的臉，不過他們看的人並不是我，而是西爾法。

西爾法口沫橫飛的說道：

「看來你們有很多話想說，說大聲一點，讓我也聽得見，不然就閉嘴！」

其中一人答道：

「那我就不客氣了！在這裡的同伴，大家都氣憤難平。我們做為水手也有自己的權利。所以，我們遵守你提出的規則，打算單獨討論。目前我們還認定你是船長，於是向你提出請求，我們要去外面開會！」

男子這麼說，然後畢恭畢敬的鞠躬，慢條斯理走出小屋，其他人也跟了上去。

「畢竟這是規則嘛！」「水手開會了。」所有人一邊說一邊走出去，屋內只剩下西爾法和我。

西爾法立刻放開嘴裡的菸斗，用聚精會神才勉強聽得見的微小音量，語調冷靜的對我說：

「吉姆，現在正是你的生死關頭，他們打算一腳踢開我。

但是你聽好，無論我發生什麼事，我都會挺你。在你像個男子漢一樣大發議論，讓他們啞口無言以前，我其實不打算這麼做，可是一發現你是個值得欽佩的人，我就這麼告訴自己。

『西爾法，你要站在吉姆那一邊。這麼一來，吉姆也會挺你。你是那孩子的最後一張**王牌**，那孩子也是你的王牌，你們要互相幫助。只要你幫助你的證人，你的證人也會救你一命』我這樣告訴自己。」

雖然聽得有些懵懂，但我能夠理解西爾法的想法。

「也就是說，假如所有事情都泡湯了，你希望我能救你一命。」

「沒錯。船沒了，要是連命也沒了，我再怎麼好強，也只能舉雙手投降。不過啊，他們就算開會，那群沒出息的笨蛋，也不會有什麼作為。

我會和他們對抗，保護你的生命安全。所以，吉姆你聽好，你要救我做為答謝，別把我送上絞刑台。」

王牌

撲克牌遊戲中，可以贏過其他所有牌面的牌。這裡指的是對自己來說，最可靠有利的方法或手段。

我很苦惱。真的可以幫助西爾法嗎？這個人當了很久的海盜，這次的叛變，他也是主謀。

「我願意盡我所能去做。」

「那我們就說定了。你是個不會畏畏縮縮，說話算話的男子漢。這麼一來，我們就有希望得救了。」

西爾法拿出**馬口鐵**的杯子，倒入干邑白蘭地。

「我忍不住想喝點酒，接下來會更棘手。對了，說到棘手，為什麼那個醫生會把地圖讓給我呢？吉姆。」

我大吃一驚。西爾法看到我是真的感到訝異，更明白問我也無濟於事。

「你也不知道嗎？總之，他給了我地圖，背後應該有什麼原因吧？一定是這樣沒錯，雖然不知道是好事還是壞事。」

馬口鐵

薄鐵片鍍上一層錫，防鏽又美觀的金屬。用於罐頭、玩具、餐具等。

又見黑色通牒

那群水手開會開了好一陣子。不久後，門終於打開，五個人就站在門口附近，卻僵在原地一動也不動。其中一人戰戰兢兢走向前，伸出握緊的右手。

西爾法大喊：

「快點過來！我又不會吃了你們！快把那個東西交給我，蠢蛋。我很清楚規則，不會為難你們的代表。」

那傢伙聽到這句話似鬆了一口氣，快步走近西爾法，並遞給他一樣東西，然後迅速回到同伴的身邊。

西爾法看著對方交給他的東西說道：

「黑色通牒，我就猜到是這麼一回事。你們從哪裡弄來這張紙？咦？真是觸霉頭，竟然撕聖經，是哪個渾帳幹的好事？」

「是迪克。」

一個人答道。

「迪克嗎？那麼廸克你記得要多虔誠祈禱。」

西爾法說道，

「你的好運到此為止，錯不了。」

沒想到，一名黃色眼珠的高個兒在這時候插嘴道：

「別再說了，西爾法。這裡的同伴依照規舉，大家一起商量，決定把黑色通牒交給你。你先把紙翻過來，看看反面寫了什麼，要說什麼再說。」

「好吧，喬治。」

西爾法把紙翻到反面。

「寫了什麼？噢，上面寫了『**革職**』啊！原來如此，字真漂亮。喬治，是你寫的嗎？你也挺了不起嘛！下一位船長就是你吧？」

喬治說：

「喂喂，請你不要鄙視我們。你已經完蛋了，從木桶上下來，投票給新船長吧！」

西爾法嘲笑的說：

「別一副你很了解的樣子！要談規則，我比你更清楚！我不會離開這個位子，目前我還是船長！在你們一一陳述怨言，我答覆完畢之前，這張黑色通牒甚至連一塊餅乾的價值都沒有。等問答結束，我再考慮要不要照辦！」

喬治說：

「你不需要擔心，我們不會做出什麼卑鄙的事。首先，你搞砸了這趟航海，難道你不承認嗎？第二點，你竟然眼睜睜放敵人離開這裡。我不知道

革職
取消某人的職務。在這裡是指水手們不再讓西爾法當船長。

他們為何想離開這裡，但他們確實很想走。

第三點，他們離開時，我們想要乘勝追擊，你卻不准我們去。

西爾法，我們早就看穿了你的詭計。你打算背叛我們，和敵人聯手。還有第四點，就是這個小鬼。」

西爾法平靜的反問：

「只有這些嗎？」

「光是這些就夠了！由於你的失誤，害我們所有人都得被送上絞刑台！」

「好，我來回答這四個怨言，按照順序一個一個來。

第一點，你們說我搞砸了這趟航海，我真是太驚訝了。你們所有人都知道我的計畫對不對？只要按照我的話去做，每個人都會活得好好的，在伊斯帕尼奧拉號上吃飽喝足，船艙也裝滿了寶藏。

那麼，打亂這個計畫的傢伙到底是誰？讓我這個能幹的船長，硬著頭皮貿然行動的人到底是誰？安德森、漢茲還有喬治，不就是你們嗎？尤其是你，喬治。你是起鬨的三人當中唯一的倖存者，現在卻厚顏無恥的要開除我，企圖坐上下一任船長的位子。」

西爾法喘了一口氣。

從他們的表情可以得知，西爾法這番話帶給這群叛徒相當大的衝擊。西爾法用幾乎撼動小屋的音量大吼，他一邊擦去額頭流下的汗水一邊繼續說：

「這就是第一個抱怨的回答。坦白說，光是和你們講話，我就覺得快吐了。你們不但理解力很弱，記性也差。這樣還想當海盜，簡直讓人笑掉大牙！」

摩根打斷他的話：

「西爾法，別拖拖拉拉的，快答覆剩下的怨言。」

「剩下的答覆？你們還有臉提這個？你們根本不明白自己面臨了什麼樣的絕境。再過不久，我們就要被送上絞刑台。光是想到這一點，我的脖子就會刺痛。你們也看過吧？被鎖鏈勒死的人隨著海潮流走，上空有鳥類盤旋，其他船員指指點點的情況。

喬治，這都是你、漢茲還有安德森，以及其他無可救藥的白癡造成的。

還有第四點，關於吉姆，這孩子是寶貴的**人質**啊！一群混帳！怎麼可以輕易殺害人質？這孩子可是我們最後的希望！

還有，關於第三點，我想說的話可多了。

真正大學畢業的醫生，每天替我們診療，你們不覺得感激嗎？有的人頭破血流，喬治，像你得了**瘧疾**不停發抖，只不過是短短六小時之前的事；事實上，你現在的眼珠顏色，還是像檸檬皮一樣黃。

此外，你們並不知道，崔洛尼的朋友會派船前來救援。等到船來了，你們再後悔應該留人質活口，也為時已晚了。

人質

一般是指把我方人交給敵方，做為遵守約定、信賴的象徵。這裡指的是海盜將對方的人抓過來，強迫對方答應自己的要求，若不答應就打算殺害的人。

接著是第二點。為什麼我要和他們交易？你們回想一下當時的情況。

明明就是你們精疲力盡，低頭低得幾乎要碰到地板，哀求我去跟他們交易不是嗎？多虧我和他們交涉，你們才不至於餓死。不過，這些事都無所謂。最重要的理由是這個，你們看！」

西爾法把一張紙扔到地板上。

我一眼就看出來那是什麼。錯不了，是那張祕密地圖。利弗希醫生為什麼會把這張地圖讓給西爾法，無論我怎麼想也不明白。

那群叛徒就像貓撲向老鼠般，朝地圖撲了過去。

他們互相爭奪那張地圖，輪流翻看、大吼、像孩子般大笑，簡直就像已經得到真正的寶藏似的嬉鬧。

瘧疾

熱帶或亞熱帶地區常見的傳染病。病原是瘧原蟲，傳染媒介是「瘧蚊」。發病後會畏寒發抖，還會發高燒達四十度以上。最終會流汗退燒，但症狀會反覆發生好幾次。

「這張地圖千真萬確是夫林特的地圖，錯不了。上面有他的簽名，那傢伙的簽名方式就是這樣。」

其中一人大叫。接著喬治這麼說：

「事情進行得很順利，可是我們沒有船，該怎麼搬運寶藏？」

西爾法突然站起來，單手扶著牆壁支撐身體，大聲斥責道：

「喂！喬治，你再大放厥詞試試看！我一定會逮住你，跟你一決勝負。該怎麼搬運寶藏？干我什麼事啊！我才想問你呢！都怪你們多管閒事，才會把船搞丟啊！你們失去了船，但是我找到了寶藏。你們覺得誰的功勞比較大？但是啊，我已經不想當船長了。好了，你們就選你們喜歡的人當船長吧！」

叛徒們異口同聲大叫道：

「西爾法！不可以換人，ＢＢＱ老爹西爾法才是船長！」

西爾法點點頭。

「是嗎？各位，你們都同意嗎？喂！喬治，看來你還要再等一段時間，才能坐上船長的位子。我不是一個會記恨的人，放心吧！各位，這個黑色通牒已經沒有用處了。吉姆，給你看個稀奇的東西。」

西爾法說道，把那張紙扔給我。

那是一張跟**克朗銀幣**差不多大小的圓形紙張。一面是聖經的最後一頁，全白的，背面則印著**啟示錄**的一、兩段文字。其中最打動我的，就是「**那些犬類、殺人的，則都留在城外**」這一段。

印字的那一面，用木頭燒成的灰塗黑了；但灰燼早已剝落，弄髒了我的手指。沒有印字的那一面，同樣用灰燼寫了「革職」的字樣。

事件算是解決了。當晚，大家喝酒之後就睡了，可是我久久無法入眠。白天殺了漢茲的事，以及現在的處

克朗銀幣

十七世紀後半製造，英國的五先令銀幣。銀幣上刻有當時的國王查理二世。

啟示錄

新約聖經最後的部分。約翰（耶穌門徒）為了激勵受到羅馬帝國迫害的教會和基督教徒，在書中教導地上的惡行會滅亡、耶穌再世與勝利等。

境有多麼危險，這些事占滿了我的腦海。

尤其是西爾法現在正拿他的運氣來賭，這點讓我格外不安。西爾法一方面鎮壓住那群叛徒，另一方面又和船長他們和好，企圖保住自己的性命。

西爾法正呼呼大睡，雖然他是個壞蛋，一想到他遲早會被送上絞刑台，依然讓我感到心痛。

那些犬類、殺人的，則都留在城外（第273頁）

《啟示錄》第二十二章第十五節，意思是在上帝的國家中，狗（指毫無價值的人）和殺人犯等壞人，都遭到排擠。

短暫的自由

我聽見一個清澈又充滿活力的聲音從森林邊境傳來，頓時睜開了雙眼。

「喂！小屋裡的人，醫生來了！」

是利弗希醫生的聲音。

我高興得要跳起來，但一想到自己違背命令偷溜出去，便提不起勇氣正眼面對醫生。

我從牆上的洞偷看，看見醫生就像西爾法現身那時候一樣站在那裡，腳邊圍繞著輕霧。

西爾法非常開心，笑咪咪的歡迎他：

「嗨！醫生，早安！託你的福，大家都好多了！」

西爾法的聲音、態度和表情，都像過去一樣的親切。

「還有，發生了一件事，醫生你一定也會感到驚訝！來了一個可愛的客人。嘿嘿嘿！他精神百倍，活力十足呢！」

醫生已經翻過柵欄來到門口，一聽到這番話，就改變口氣問道：

「是吉姆嗎？」

「沒錯，就是吉姆。」

醫生訝異的停下腳步，好不容易才繼續說：

「總之，工作第一，快樂的事就擺在後面，先讓我為病人診療吧！」

醫生走進圓木小屋，先是表情嚴肅的對我點了點頭，接著開始替病人看診。

他應該很明白，和這些惡魔般邪惡的傢伙打交道是無比危險的工作，他卻像是到和平的英國人家中出診般輕鬆，和病人話家常。

那群叛徒也被醫生的態度感化，就像一般忠心的水手正在接受船醫的診療那樣安分。診療告一段落後，醫生這麼說：

「好了，今天到此為止。對了，我想跟吉姆談一談。」

接著，他對我輕輕點了點頭。

喬治吃下藥後，皺著臉呸了幾聲並吐了吐口水，聽到醫生的話，立刻漲紅臉大吵大鬧。

「不可以！」

西爾法用力拍了木桶，像獅子怒吼道：

「給我閉嘴！」

接著他馬上恢復平常的口氣：

「醫生，我知道你很疼愛這孩子，我原本就打算讓你們聊聊。畢竟你那麼照顧我們。

吉姆，你雖出身平凡，內涵卻是十足的君子。請你像個紳士對我發誓，無論發生任何事，都不會逃走。」

我斬釘截鐵的說：

「我發誓，絕對不會逃走。」

西爾法回頭看向醫生。

「那麼醫生，請你先到柵欄外面去。我會把這孩子帶去柵欄旁，你們可以隔著柵欄說話。再見，醫生，請代我向崔洛尼先生和斯摩萊特船長問好。」

醫生一走出小屋，那群叛徒就對西爾法抱怨：

「就只有你當好人，企圖搶功！」

「你完全沒有考慮到我們，只想要踐踏我們！」

不過，西爾法的本事比他們更勝一籌。

「結果你們仍舊是死性不改啊，真是一群白癡！這種情況下當然無論如何都必須讓吉姆和醫生聊一聊。難道你們不怕去尋寶的時候，對方不守約定嗎？直到找到寶藏為止，我們都必須安分守己，才能騙得過他們。」

那些人看到西爾法拿著地圖在他們眼前甩來甩去，全都噤聲了。

西爾法把手放在我的肩上，腳步緩慢的走出小屋，小聲對我說：

「你慢慢走，吉姆。那群傢伙若看到你慌慌張張，說不定會衝上來。」

我慢步穿過沙地，接近醫生在柵欄另一側等待的地方。

西爾法停夏腳步，向醫生搭話：

「醫生，請你別忘了，我想你會把詳情告訴吉姆，但我為了救這孩子，差一點丟掉船長的職位。這個交易不只賭上我的性命，也攸關這孩子的生死。」

西爾法和在小屋時相比，簡直是不同人，他雙頰凹陷，聲音也不停顫抖。

醫生這麼說：

「西爾法，你在害怕嗎？」

西爾法彈響了手指。

「醫生，我不是膽小鬼。但是啊，不瞞你說，一想到絞刑台，我的身體就不由得發抖。你是個正派又耿直的人，想必不會忘記我做過的壞事，但是也請你記得我做過的好事。

接下來，我會離開這裡，讓你和吉姆獨處。希望你把這件事當作我的功勞，讓我將功贖罪，畢竟我是硬著頭皮這麼做的。」

西爾法回頭走到聽不見我們說話聲的地方，坐在樹樁上吹起口哨。偶爾朝我和醫生瞄一眼，或是窺探那群不得大意的手下的情況。

那群叛徒起了火堆，從小屋拿出豬肉和麵包，開始準備早餐。

醫生悲傷的開口說道：

「吉姆，事情終於變成這樣了。我不打算責備你，但是有件事我一定要說。斯摩萊特船長還很健康的時候，你沒有溜走；他一受傷無法動彈，你就逃走了，這麼做真的很卑鄙。」

我不由得哭了出來。

「醫生，請你原諒我。我非常自責，不管怎樣，我都不值得原諒。假如西爾法沒有袒護我，我早就被殺了。不過，我死了也沒關係，因為我做了該死的壞事。但是，我害怕刑求。」

醫生打斷了我的話，聲音變得截然不同。

「吉姆，我怎麼可能讓你遭受那種對待？快跳過柵欄，我們一起逃吧！」

「我發過誓，絕對不會逃走。」

「我明白、我懂。可是，現在說這些都沒用。你食言的責任，我們大家會負責扛起來，我不能把你留在這裡，你必須跳過來，然後拔腿就跑。」

「絕對不可以。醫生，假如你是我，你也不會這麼做吧？崔洛尼先生和船長也不會，我也不願意背叛。西爾法信任我，我要遵守約定。

可是醫生，我還沒說完。我知道大船在哪裡。但是我怕萬一遭到刑求，就會受不了折磨，只好跟他們說，所以我想先告訴你。我的運氣不錯，我經歷了一場冒險，把船搶回來了。船目前停在『北之海灣』的南方海岸。」

「大船！」

醫生驚訝的大叫，我趕緊把冒險的過程告訴他。

他不發一語聽著，等我說完後便說：

「真是太不可思議了。每次有事發生，總是你救了大家的命。你認為我們會對你見死不救嗎？發現他們陰謀的人是你，遇見班・剛恩的人也是你。發現班・剛恩這件事，是你最大的功勞。喂！西爾法！」

醫生一叫他，西爾法立刻走近我們。

醫生說：

「西爾法，給你們一個忠告，不要急著找寶藏。」

「我也打算盡可能不要著急，小心謹慎的找，但情況不容許我這麼做，因為我和這孩子的性命，和尋寶息息相關。」

「是這樣嗎？西爾法。既然你這麼說，那我就先提醒你，找寶藏的時候，千萬要提高警覺。」

「醫生，麻煩你解釋清楚一點，你們為什麼選擇離開圓木小屋？為什麼把地圖讓給我們？」

「我不能再多說下去，我得嚴守同伴的祕密。雖然船長一定會罵我，但是，我能說的我都願意告訴你。

你聽好，西爾法，假如我們能夠活著離開這座小島，我願意盡全力救你的性命。這是真話，我不會騙你。」

西爾法雙眼發亮。

「連我的老媽也不會說這種話。」

醫生繼續補充道：

「首先是出自我對你的同情。接著是要給你的忠告。請你不要離開這孩子的身邊，當你需要幫助時，大喊『喂』，我會馬上趕到。看到我趕到，你就會明白我沒有信口開河。再見了，吉姆，你要保重。」

醫生隔著柵欄和我握手，向西爾法輕輕點了頭，迅速走進森林裡。

尋寶——夫林特的嚮導

一剩下我和西爾法，他便說：

「吉姆，我救了你一命，你也救了我一命。我不會忘記你的恩惠。我瞄到醫生示意要你逃走，也看到你拒絕了。這麼一來，我就欠你一次了。

接下來我們得去尋寶，可是我提不起勁。但是無論發生什麼事，我們都要片刻不離，互相幫助才行。」

——開始吃飯了。

西爾法讓鸚鵡夫林特船長停在他的肩上，狼吞虎嚥的說道：

「各位，你們要感謝我ＢＢＱ老爹替你們設想得非常周到，他們雖然得到了大船，但是等我們找到寶藏，就可以把大船搶過來。更何況，我們還有小船。

多虧有這孩子當人質，我剛才才能問出一件很重要的事。找寶藏的時候，我打算用繩子把他綁起來，帶他一起去。萬一發生了什麼意外，把他留在身邊比較安全。等船和寶藏都到手了，並且順利出海，到時就讓吉姆加入我們，也分他一份財寶做為答謝。」

所有人都興高采烈，我卻非常沮喪。西爾法毫不在乎背叛別人，若事情能夠照他的期望順利發展，他一定會付諸行動，逐一實現他想做的每一件事。

而且，我完全無法理解同伴所採取的行動。為什麼要離開要塞？為什麼要把地圖讓給這群叛徒？醫生對西爾法說「找寶藏時，千萬要提高警覺」，我也不明白為什麼他要給西爾法忠告。

不久，他們帶著我出門尋寶。除了我之外，所有人都全副武裝。西爾法在前後分別吊著一把槍，腰部掛著一把大刀，上衣的兩個口袋裡，各藏著一把手槍。

鸚鵡夫林特船長停在西爾法的肩上，說著莫名奇妙的船員詞彙。

我的腰上綁著繩索，乖乖的跟在西爾法後面。西爾法用手抓住繩索的一端，或是用他強健的牙齒咬住。

其他人則是扛著十字鎬或鏟子，有些人背著午餐要吃的豬肉、麵包及白蘭地等。

一行人來到海岸，搭上兩艘小船往大海划去。他們打算從海上繞過去，從靠近藏寶地點的地方上岸。

划船前進的路上，他們討論起地圖。紅色十字記號畫得太隨便，地圖背面的說明文字也寫得不清不楚。

各位讀者應該都記得，地圖上的文章如下：

從北北東，偏北一格，

望遠鏡山山肩上的大樹。

東南東稍微偏東，有骷髏島。

三公尺。

不久後，一行人從望遠鏡山山谷流下的河川河口上岸，朝高地往上爬。一穿過沼澤再往上，草原就消失了，取而代之的是草叢和松樹，空氣也變得清新且乾爽。

一行人散開呈現**扇形**，一面大叫一面前進。西爾法和我走在中段，落後許多。西爾法氣喘吁吁的爬著容易滑倒的小石坡，要不是我不時伸手拉他一把，他恐怕早就滾下山去了。

就這樣，我們大約前進了八百公尺左右，接近高地頂端時，走在最左邊的人忽然害怕的大叫，其他人也往那裡跑了過去。

扇形
像扇子一樣，以根部為中心，越往前方越寬的形狀。這裡指的是一行人中，走在越前面的人，和旁邊的人間隔越寬。

到了現場一看，巨大松樹的樹根處，有具衣服破破爛爛，全身爬滿藤蔓的人類白骨躺在地上。

所有人都背脊發冷，最大膽的喬治走了過去，檢查白骨身上的破爛衣服後說：

「這傢伙是船員，穿著水手服呢！」

西爾法接口：

「我想也是，總不可能有牧師死在這裡。不過，這具白骨的躺法也太奇怪了。」

這具白骨的模樣真的很不自然。身體躺得筆直，雙腳伸向同一個方向，雙手就像要跳水似的高舉在頭上，指向與雙腳相反的方向。

「原來如此，連我這個傻瓜也猜到了。」

西爾法說道，掏出指南針繼續說：

「那裡是骷髏島的頂端，像牙齒一樣突出。你們順著這具白骨的方向，查看一下方位。」

查看方位後，白骨確實筆直向著小島，指著「東南東（從東邊往南偏一一・二五度的方向）稍微偏東」。

西爾法大喊：

「我想的果然沒錯！這具白骨就是路標！這條線筆直的指向珍貴的寶藏！可是啊，我一想到夫林特，全身就打寒顫。

這具白骨想必也是他的惡作劇。他帶了六名手下來到這裡，該做的工作完成後，就把他們全部殺光。接著，他把這傢伙拖到這裡，依著指南針的方向，讓他躺在這裡。

你們看這具白骨，骨頭很長，頭髮是黃色的。嗯，這傢伙應該是阿勒戴斯。摩根，你還記得阿勒戴斯嗎？」

摩根回答：

「嗯，我記得。他還欠我一次人情，而且他那時帶著我的刀上岸去了。」

「說到刀子。」

另一人說話了：

「為什麼沒看到他的刀掉在這附近呢？夫林特不是一個會偷拿船員口袋裡東西的人，鳥類也不會吃刀子啊！」

「沒錯！你說得對！」

西爾法大叫道：

「這裡沒有留下任何東西！」

喬治繼續搜索白骨說道：

「不但找不到一枚銅幣，也沒有菸盒，怎麼看都不自然。」

「沒錯，的確如此。」

西爾法點頭贊同。

「既不自然，也不有趣。不過，假如夫林特還活著，這傢伙還有你我，下場恐怕都會很慘。他們有六個人，我們也是六個人，只不過他們已經化為白骨了。」

這時候，摩根說話了：

「別說了，我親眼見到夫林特死了。」

頭上纏著繃帶的人說：

「他死了，這一點錯不了。不過，如果世上真的有鬼，夫林特肯定會變成鬼跑出來，畢竟他死得那麼淒慘，一定很不甘心。」

另一人也說道：

「沒錯，夫林特死得很慘。他那個人啊上一秒還在發脾氣，下一秒就吵著要人拿蘭姆酒來，甚至大聲唱歌。說到他唱的歌，唱來唱去總是那兩句『死人的箱子裝財寶，已有十五個人來找』，後來我就很討厭那首歌。」

西爾法打斷了談話：

「喂！別說了！那傢伙已經死了，不會出現了。再怎麼說，大白天也不會跑出來。先別說這些了，找寶藏重要。」

一行人再度出發。四周亮得刺眼，眾人聚在一起，靜悄悄走著。肯定是那白骨的可怕模樣，讓他們的內心蒙上了一層陰影。

尋寶——林中的聲音

一行人爬上斜坡後便坐下來休息。從高地放眼望去，只見小島和四周的大海。除了海浪聲和蟲鳴之外，聽不到任何聲音，也不見任何人影。

西爾法用指南針測量方位。

「『大樹』有三棵，就在從骷髏島延伸出去的直線上。所謂的『望遠鏡山山肩』，應該就是那邊那個稍微低一點的地方吧？尋寶就像小孩子的遊戲，要不要先吃飯？」

摩根低吟道：

「我不餓。我想起了夫林特，什麼都吃不下了。」

另一人也顫抖的說：

「那傢伙就像惡魔，而且臉色發青。」

大家紛紛畏懼的壓低聲音。就在這時候，前方的樹林中，忽然響起一個尖銳顫抖的聲音，唱起那首耳熟能詳的歌：

私人的箱子裝財寶，已有十五個人來找，
喝吧喝吧盡情喝，呦呵呦呵呦呵呵。

六名叛徒就像被施了魔法一樣，臉色慘白的跳起來，有的緊抓著身邊的人不放，摩根則嚇得趴在地上。

喬治大吼道：

「是夫林特！」

彷彿有人用手掩住歌唱者的嘴。歌聲忽然中斷了。西爾法失去血色的灰色嘴唇終於動了。

「好了，不要這樣，我們該準備出發了。這個情況實在太詭異了，雖然不知道是誰的聲音，但絕對是活人在惡作劇。」

西爾法說著說著就鼓起了勇氣，臉上也恢復了血色。其他人也受到這番話的激勵，多少振作了精神，卻在這時候又聽見了那個聲音。這次不是歌聲，而是向遠方呼喚的微弱聲音，並在望遠鏡山的山谷形成微弱的回音。

「達比．馬古羅、達比．馬古羅……」

彷彿啜泣般的聲音反複叫了幾次後，又用稍微高亢的聲音補充道：

「拿蘭姆酒到船艙來，達比．馬古羅！」

叛徒們瞪大了雙眼，眼珠幾乎要蹦出來，杵在原地不動。

摩根呻吟道：

「那是夫林特生前說的最後一句話。」

即使如此，西爾法還是不認輸。即使嚇到上下排牙齒打架，他還是大叫道：

「這座島上聽過達比名字的人，除了在場的我們之外，沒有別人。

我們為了得到寶藏才來到這裡，管他是人類還是惡魔，我都不會輸。夫林特在世的時候，我就不怕他，死掉的他更算不了什麼！

距離這裡僅僅不到四百公尺的地方，有價值七十萬英鎊的寶藏。我不顧一切來到這裡，就要成為一名有錢的紳士，居然怕一個死人而轉身逃走，豈有此理啊！」

然而那群叛徒越來越害怕，喬治率先說：

「還是算了吧，西爾法，不要跟鬼魂作對。」

其他人也嚇得魂不附體，甚至說不出話來。就算想逃，雙腳也不聽使喚，只是聚在一起，緊黏在西爾法的身邊。

西爾法好不容易才抑制住內心的膽怯後說道：

「鬼魂？或許是吧，但是有一件事太奇怪了。鬼魂不可能有影子，既然如此，鬼魂的聲音怎會有回音，這不是太詭異了嗎？」

我認為這個說法完全沒道理，但迷信的叛徒們卻覺得恍然大悟。

喬治說：

「你說得對，西爾法，你好聰明！仔細想想，那個聲音雖然很像夫林特，卻又有點不一樣。那個聲音很耳熟，就是……」

西爾法怒吼道：

「混帳東西！那是班．剛恩的聲音！」

喬治大叫：

「如果是班．剛恩，無論他是生是死，對我們來說都不痛不癢啊！」

這群傢伙立刻精神大振。他們先是觀察情況好一會兒，聽不見任何聲音後，又繼續往前進。

接近望遠鏡山的山肩時，便看見前方有三棵高大的樹木。查看方位後，得知一開始的兩棵樹，並不是我們要找的樹。

第三棵樹的高度將近六十公尺，紅色樹幹粗到甚至可以容納一間**牧羊人小屋**。無論從東邊還是西邊，從遠處就能清楚看見它，把它當作航海目標並記錄在**航海圖**中也非常適合。

隨著越來越接近那棵樹，大家剛才的恐懼也煙消雲散，雙眼閃閃發亮，腳步也越走越快。

西爾法一面低聲喃喃，一面拄著拐杖跳躍前進。鼻孔撐大且不停顫抖，雙頰紅得發燙。他用力拉扯綁在我身上的繩索，有時還會表情凶狠的回頭。

我非常清楚，西爾法已經打算不再掩飾他的真心。一來到寶藏的附近，他和醫生的約定，醫生對他的忠告，全都拋到九霄雲外去了。

寶藏一旦到手，找到大船之後就把島上無辜的人全都殺光，然後把寶藏搬上船並且離開這裡，他一定打算這麼做。

一想到這裡，我就因恐懼而心神不寧，雙腳也抖個不停。我不時會絆倒，西爾法就會粗暴的拉扯繩索，同

牧羊人小屋

通常是牧羊人或獵人蓋在荒山野外、牧羊或打獵途中，可以用來休息，構造簡單的小屋。

時惡狠狠的瞪我。

我滿腦子想的都是過去在高地上演的那場慘劇，久久揮之不去。

夫林特船長在這裡，親手殺了六名共犯。

這座森林雖然現在如此和平，但當時肯定響徹了聲嘶力竭的慘叫聲，我是這麼認為的。光是想像，就彷彿還能聽見淒厲的哀嚎聲繚繞在耳邊。

不久後，一行人終於來到樹叢的邊境。

喬治大叫：

「上啊，兄弟們！衝啊！」

所有人拔腿往前衝，但跑不到十公尺就突然停下腳步，發出低沉的吼聲。西爾法拚死拚活用拐杖的尖端撥動土壤，同時用雙倍的速度向前衝，沒多久就呆站在原

航海圖（第296頁）
詳細記錄著大海狀況、航海用地圖、船通過的航路、海的深度、海潮流向、海底情況、島嶼和海灣、障礙物的位置、航路標誌等。十七至十八世紀，英國、法國、荷蘭所進行的海洋探險，成為現代航海圖的基礎。

地動也不動。

眼前有一個巨大的坑洞。四周崩塌，從坑洞底部長滿草來看，這並不是最近才挖掘的坑洞。

洞裡有斷成兩半的十字鎬的柄，還散落著好幾片衣物箱的木板。其中一片木板上，**烙印**著「**海象**號」的文字。這是夫林特的船名。

一切都水落石出了。寶藏早已被人挖走，七十萬英鎊化為烏有。

烙印

將雕刻文字的金屬，用火燒熱，印在木製品或動物皮膚上。

海象

哺乳類海象科的巨大海洋動物。有兩根向下長的長牙，體長約四公尺，體重可達一至兩噸。主要棲息於北極海，會用牙齒挖掘海底找貝類吃。以一個家族為單位在冰上生活。

西爾法船長的失勢

出乎意料的希望落空，六名叛徒深受打擊，目瞪口呆的杵在原地。

只有西爾法立刻就打起精神，趁其他人無法思考的時候，重新擬定計畫。他把手槍遞給我並輕聲說道：

「吉姆，拿著這個，以防不備之需。」

我們安靜的走了好幾步，和其他五人隔著坑洞站在對面。西爾法看著我，親密的用眼神向我示意，彷彿在說「最後關頭終於來臨了」。

西爾法不斷變心觸怒了我，我輕聲說道：

「你又要背叛了。」

西爾法沒有空回答。那群叛徒一面謾罵，同時跳進坑洞裡，搬開木板徒手挖掘。摩根發現了一枚金幣，那是二幾尼金幣，所有人輪流傳遞看了好一會兒。

喬治走近西爾法並拿給他看，大聲叫道：

「這是二幾尼。這就是你說的七十萬英鎊嗎？你是個很會做生意的人，無論做任何事都不曾失敗過不是嗎？你這個廢物！」

西爾法嘲笑的口吻說：

「你們儘管挖吧！說不定會挖到花生。」

喬治尖聲呼喊道：

「花生！兄弟們，聽到沒有？西爾法那傢伙從一開始就知道一切，你們看看他的表情，都寫在臉上了。」

「喬治，你還在肖想船長的位子嗎？真的很固執呢！」

西爾法不甘示弱的反擊，但這次所有人都站在喬治那邊。他們爬上坑洞的對面那一側，和西爾法面對面，但沒有人率先攻擊。

西爾法一動也不動，冷靜的瞪著對面五人，果然非常勇敢。

喬治怒吼道：

「各位！對面只有一個獨腳老頭子，還有一個小鬼！上啊！幹掉他們！」

正當喬治高舉一手，企圖撲過來的時候，「磅！磅！磅！」樹叢裡響起三聲槍聲，喬治就這樣倒栽蔥跌落坑洞裡。纏著繃帶的傢伙像陀螺一樣旋轉，緊接著就倒地不起。

剩下的三人立刻轉過身，拔腿就逃。

西爾法用手槍朝掙扎的喬治又補了兩槍。

「喬治，這麼一來，我跟你做了斷了。」

同一時刻，醫生、葛雷和班·剛恩，舉著還在冒煙的槍從樹木間跳出來。

醫生大喊：

「衝啊！他們企圖搭小船捷足先登！」

我們穿過樹叢，全速往前衝。最厲害的就是西爾法。他拄著拐杖奔跑，胸膛的肌肉彷彿要扯破似的，用驚人速度追上了對方。

當西爾法往下跑到坡面的盡頭時，他一邊喘氣一邊呼喊：

「醫生，你看！沒必要急著追了！」

原來如此，他說得沒錯。

存活的三個人朝海岸的反方向，也就是往後桅山的方向逃跑。換句話說，我們站著的地方，就介於他們和小船之間。

西爾法一面追趕一面說：

「謝謝你，醫生。我和吉姆差一點就沒命了。」

然後他回頭對班．剛恩這麼說：

「果然是你沒錯。」

班．剛恩扭扭捏捏的回答：

「是啊，就是我班．剛恩沒錯。你好嗎？西爾法。」

西爾法低聲說：

「我竟然被你騙倒了。」

醫生命令葛雷折回去，把叛徒逃走時所丟下的十字鎬拿來。我們則是慢慢往下走到停泊小船的地方。

在路上，醫生把至今發生的事情，大致解釋給我聽。

據他的敘述，從頭到尾功勞最大的人，就是班・剛恩。

班・剛恩獨自在島上遊蕩了很長一段時間，發現了那具白骨。拿走白骨身上東西的人也是他。他發現了寶藏，把寶藏挖出來，然後分批運到位於小島東北角，一座有兩個山頂的山上洞穴裡。事情就發生在伊斯帕尼奧拉號抵達的兩個月前。

那群叛徒攻擊要塞的當天下午，醫生和班・剛恩見面，得知了這個祕密。

隔天，醫生知道船不見的消息，就去找西爾法，並把已經派不上用場的地圖讓給他。班・剛恩的洞穴裡儲存了許多鹽漬羊肉，於是他連小屋裡的糧食也讓給了西爾法。

就這樣，醫生一行人搬進了班・剛恩的洞穴裡。住在那裡不會有染上瘧疾的危險，同時也能守護寶藏。

醫生說到一半停了一下，才說了他當時的掙扎：

「吉姆，一想到你，我就不願意離開小屋。但是站在我的立場，我選擇的是對完成這趟航海任務的人來說，最好的一個方法。」

醫生知道那群叛徒尋寶失敗之後，我一定也會有生命危險，便帶著葛雷和班．剛恩，趕往埋藏寶藏的地點。

腳程快的班．剛恩，搶在叛徒之前先抵達，用夫林特船長的聲調，嚇唬迷信的水手們。醫生和葛雷便趁這時候得往目的地，順利躲起來埋伏。

我們抵達了停泊兩艘小船的地方。醫生用十字鎬破壞了其中一艘小船，然後大家一起坐上剩下的那艘小船，出發前往距離十三、四公里遠的「北之海灣」。

來到海灣入口，伊斯帕尼奧拉號早已因為滿潮而浮起。我們替船裝上新的船錨，把船綁好之後搭小船前進，從距離班．剛恩的洞穴最近的「蘭姆海灣」上岸。

一抵達洞穴入口，崔洛尼先生便出來迎接我們。他對我和顏悅色，對於我瞞著大家偷溜出要塞卻也將功贖罪，既不責備也不讚許。

但是，看到西爾法對他畢恭畢敬鞠躬，他就氣憤的漲紅臉說道：

「西爾法，你是一個無與倫比的大壞蛋、大騙子。出於醫生的意思，決定不**告發**你，但是啊，死去的人就像**石磨**一樣，拴在你的脖子上！」

西爾法又敬了一次禮。

「非常感謝你的善意。」

我們所有人走進洞穴裡。裡面寬敞又通風，地面是沙地。斯摩萊特船長就躺在火堆前。

此外，在火堆的亮光照射下，遠處角落隱約可見堆得像小山一樣的金幣，以及堆成四角形的金條，這些正是夫林特船長的寶藏。

我們千里迢迢來到這裡，為的就是找這些寶藏。為

告發

和犯罪有直接關係（加害者與被害者）以外的人，向偵查機關申報並請求審判。

石磨

將米、麥、豆子磨碎成粉，非常重的石製道具。新約聖經中有句「不如用大磨石拴在他的頸項上，把他淹死在深海」，這裡指的是遭到西爾法殺害的人，將他們的怨恨比喻為石磨。

此，伊斯帕尼奧拉號上有十七人犧牲了生命。

夫林特收集這些寶物不知道流了多少鮮血與眼淚？不知道毀壞了幾艘豪華氣派的船隻，讓它們沉到海底？不知道蒙上多少勇士的眼睛，並將他們從船緣的木板上推落大海？不知道發射了多少發砲彈？更不知道他做了多少骯髒、欺瞞、殘忍的行為？

在這個世上，恐怕沒有人知情吧？

話說回來，曾經參與這些惡行，分配到該拿的好處，以至於不敢從實招來的人，這座島上還有三個人——西爾法、摩根、以及班．剛恩。

當我思考著這件事時，斯摩萊特船長忽然叫了我：

「你過來，吉姆。你是個乖孩子，可是我再也不想跟你一起航海。你天生運氣好、勇氣十足，可是我實在控制不了你。咦？站在那邊的人是西爾法吧？你來這裡幹嘛？」

「我回來執行我的任務。」

「是嗎？」

語畢，船長沒有再繼續說什麼。

當天晚上，大家一起吃晚飯，真的開心得不得了。我們吃著班．剛恩儲存的羊肉搭配從船上拿來的陳年葡萄酒，實在太美味了。

西爾法坐在火堆照射不到的深處，但他也吃飽喝足，但只要有事情吩咐他，他就會立刻跳出來解決，就像回到船剛出航要前往小島時，那個忠心耿耿又溫和的船員。

這一刻終於來臨

隔天早上起，我們開始把寶藏搬上船。先將如此大量的黃金，搬運到一點五公里的路程外的海岸邊，接著再用小船搬到五公里外的大船上。由於人手不多，搬運起來十分費力。

逃走的三名叛徒，應該還在島上徘徊，但並沒有來阻撓我們。他們肯定吃夠了苦頭，再也不想打仗了。

搬重物的工作，我幫不上什麼忙，便留在洞穴裡努力把金幣裝進麵包袋。這些貨幣匯集了世界各種稀有的貨幣。這麼說來，比利．龐斯的衣物箱裡也有各種貨幣，這裡的貨幣量比他多出許多，種類也是五花八門。

索維林金幣、金路易、達布隆金幣，還有二幾尼金幣、**莫艾多金幣**、以及**西昆**

金幣。

此外，還有雕刻著過去百年間，歐洲各個國王肖像的錢幣，以及奇異的東洋硬幣。

我想這一大堆收集品中，肯定包括了世界上各式各樣的錢。

區分這些錢幣非常有趣，但數量實在太多，到最後不但背部僵硬，手指也數到痛。

我日復一日做著這項工作。每結束一天，船上就多了一筆錢財。處理完一筆，隔天又有另一筆錢財等著處理。在這個期間內，從未聽過另外三個倖存者的消息。

到了第三天的夜晚，醫生和我在能夠俯瞰小島低地的山丘斜面閒逛，聽不出是慘叫還是歌聲的叫聲，從山下的黑暗中乘著風傳過來。傳進我們耳裡的只有短短一

莫艾多金幣

十七世紀前半到十八世紀前半，流通於葡萄牙和巴西的金幣。

西昆金幣

十三世紀在義大利威尼斯製造，流通於義大利和土耳其的金幣。

聲，隨即恢復寂靜。

「上帝啊，請饒恕那群叛徒。」

醫生說道。

「大家都喝醉了。」

西爾法的聲音從我的身後傳來。

西爾法可以說已經恢復自由。大家每天都冷眼對待他，只有他自認又再次成為受到特別待遇的親密家僕。

醫生這麼說：「喝醉歸喝醉，問題在於有沒有說夢話。如果有，就表示他們之中至少有一人染上了黃熱病。我做為一名醫生，就必須去救助他們。」

西爾法回應：「恕我直言，千萬不可以這麼做，你會沒命的。我已經效忠醫生，不希望我方的戰力變弱。尤其是你，醫生，你有恩於我。下面的那幾個人都是不守信用的人，應該說，他們甚至不相信你會遵守約定。」

「我想也是。但是，我知道你是一個會遵守約定的人。」

醫生說道。

不過，等到寶藏全都搬上船，隨時都可以出海的時候，大家便商量該怎麼處置那三個人。

最後，我們決定把那三人丟在這座小島上。班・剛恩對於這個決定開心得不得了，葛雷也非常贊成。

我們留下許多火藥和子彈、大部分的鹽漬羊肉、少許藥品，此外還有必備的工具類、衣物、預備的帆布、一、兩尋的繩索等等給他們。

再加上醫生的好心，大方的附贈他們香菸。

島上該忙的工作，到此告一段落。

某個晴朗的早晨，我們收起伊斯帕尼奧拉號的船錨，船長掛在要塞的那面英國國旗隨風飄揚，就這樣離開「北之海灣」啟航了。

被遺留在島上的三個人，竟在不遠的距離目睹我們出海。當我們通過狹窄海灣南側的海角時，正好看見那三人在沙灘上聚在一起，跪著高舉雙手像是在叩拜的模樣。

把那三人留在島上，令我們所有人都很心痛，可是讓他們上船，萬一他們再度叛變，我們會很麻煩，況且帶他們回國，最後也只能把他們送上絞刑台。

利弗希醫生對那三人呼喊，告訴對方我們留下了許多物品，以及物品放在什麼地方。

三個人呼喚我們的名字，不斷懇求我們大發慈悲，不要遺棄他們並讓他們死在這裡。

然而，當他們看到船越開越遠，其中一人突然聲音嘶啞的大吼大叫，把槍抵在肩膀開槍了。子彈掠過西爾法的頭上，射穿了主桅的船帆。

我們躲在船緣下，過了一會兒才起來，那三人已經從沙灘上失去了蹤影。

小島越離越遠，不到中午就消失在大海的另一端，此時我內心的喜悅真是難以言喻。

船上人手不足，每個人都不辭辛勞的奮力工作。船長的傷勢雖然恢復了不少，

但仍需要靜養，我們在船尾鋪了床墊，讓他躺著發號施令。

然而，沒有僱用新的水手就繼續航海回國實在太危險，我們便將船開往**西屬美洲**最近的海港。

途中遇上兩次強勁的風，好不容易擺脫，在日落時駛進美麗陸地包圍的海灣並放下船錨。

英國軍艦正巧停在港口，艦長邀請崔洛尼先生和醫生登上軍艦，我也跟著一起去。

我們受到熱情的款待，直到夜空泛著魚肚白才回去。

回到船上，班・剛恩一個人在甲板上等著我們，畏畏縮縮開口道：

「西爾法搭著小船逃走了。我很快就發現了，可是

西屬美洲

十八世紀，西班牙所擁有的美國領土。當時西班牙的領土包括西印度群島的大部分、現在的墨西哥、宏都拉斯等中美洲、巴西、蓋亞那以外的南美洲，勢力遍及全世界。

我沒有出聲。我認為這樣對大家比較好，假如那傢伙一直留在船上，說不定所有人都會沒命。」

西爾法果然是個精明的傢伙，他偷偷打穿船上的隔間，帶走了一個裝有三、四百幾尼金幣的袋子。不過，用那麼少的錢就能和平解決西爾法，我們也很高興。

我們在這個海港僱用了幾名水手，一帆風順繼續航海，在布蘭德利先生正考慮派船去迎接我們時，平安抵達了布里斯托。

搭乘這艘船一起出航的人，僅有五人和船一起回來。如歌詞所說，「剩下的人全被酒和惡魔殲滅了」。

話雖如此，從前那群海盜是這麼唱的：

七十五個人出海，

倖存者卻只有一人。

我們並沒有像歌詞中的那艘船那麼淒慘，這是千真萬確的。我們每個人都分到充分的寶藏，由於每個人個性不同，有人將財寶運用得非常恰當，也有人揮霍無度。

斯摩萊特船長不再航海，就此退休過著悠閒的生活。葛雷用拿到的錢去念書，目前是個優秀的帆船大副，也有自己的船。而且他還結婚了，成了一家之主。

班·剛恩得到一千英鎊，果然如同大家在島上擔心的一樣，僅僅三星期就花光了所有錢，不對，正確的說是十九天就一無所有，因為他在第二十天就跑來要錢了。現在他在崔洛尼先生家當看門的人，由於他友善又風趣，村裡的孩子都非常喜歡他。

至於西爾法，後來我們都沒有聽說過他的消息。那個可怕的獨腳水手，終於從我的生活中消失得無影無蹤。

不過，他應該會和黑人妻子會合，和鸚鵡夫林特船長一起過著安樂的生活。但願如此。畢竟他死後在另一個世界，絕對不可能過得安穩。

條應該還埋藏在小島的某處，但我再也不願意去那座不祥的小島。

直到現在，我做過最糟糕的噩夢，就是聽見打向小島岸邊的海浪聲，還有鸚鵡夫林特船長那「八印銀幣！八印銀幣」的聒噪叫聲在耳邊響起時，我就會立刻從床上彈起來。

（完）

男孩們，我們都曾是吉姆．霍金斯

我熱愛《金銀島》的故事，或者說，這是一本兒童時期改變我眼界的小說作品。那些海盜、財寶與航海冒險經歷，是閱讀故事之前的我，從來沒有想像過的世界，透過閱讀，各種冒險刺激走進我生命，兒童時期初讀《金銀島》，我理解閱讀是多麼美妙的事情；少年時期再讀金銀島故事，我也可以是個冒險歸來的海上男兒。

不同年紀有不同體悟，這是優秀文學作品應有的價值。

《金銀島》是娛樂性濃厚的海洋冒險小說，背景是十八世紀英國海權極盛時代，以向海外擴展的人物為角色，著力描繪一齣以海洋、烈日與無人島為舞台的戲劇性故事，主角為英國善良的市民，和謀反的海盜相對抗，這樣的設定讓人可以身歷其境的陪著主角吉姆走一趟探險旅程，甚至可以說整部小說，已經超越通俗小說的價值，進入純文學領域。

兩個關鍵讓這本小說值得反覆重讀，一是作家著力於描寫人物，二是講故事的方式流暢易讀。

就算沒看過小說，也會知道故事裡有位獨腳水手西爾法，整篇故事慣用的技巧是一邊描寫情景，一邊投入人物外在造型描述，並且間接的使人物形象浮現。這種技巧用得好，可以讓情景和人物，完全的融合在一起，更有助於閱讀故事的讀者產生鮮明深刻的印象，且看頭尾多次先塑造故事氣氛再讓角色出場的段落，文字的運用裡有著明顯的印象與視覺。

再則，一口氣讀完金銀島故事，發現故事的各種情節是環環相扣，從老船長留宿主角與父母親共同經營的客棧起，到最後眾人駕船駛離金銀島，各種變化劇烈的事件一回接一回緊扣故事前後發展，不斷流動卻也事先都留妥伏筆，圓滑的推展整個故事的構想，每個情節間都有合理的連結，故事的轉折也在前文多有鋪陳，海盜們起初誤認西爾法要獨吞寶藏，而最後真相大白時，更顯獨腳水手的性格多變，充滿真實人性缺陷與善變。

不得不再回頭說說男孩吉姆，經歷了一整個系列驚險萬分的冒險，為他帶來的無疑是一趟啟蒙與成長，自天真無知以至於成熟世故，知道人心險惡之冒險歷練，在一番「轉大人」的領悟和改變後完成，甚至敢在半夜潛入船隻，讓讀者看到主角於故事前後之性格上漸趨成熟，勇敢面對危機，也讓故事於此打住，到達圓滿尾聲。

文學的價值有時在於其共通性，我們在長大的過程，也曾經是吉姆・霍金斯，陪他去金銀島走了那麼一回，成為今日勇敢的自己。

【作者簡介】

鄭宇庭

小學念三所、國中念三所，國中重考高中，高中沒畢業，銘傳大學應用中文系念五年的「人生失敗組」，台東大學兒童文學碩士，博士班肄業開書店。

當過服務生送牛排，在閱讀寫作補習班教過書，也在電影院放過電影，曾在好多大學裡當通識中心約聘老師，二〇一三年二月因為對城市裡的閱讀有更多積極的想像，在台中與范特喜微創文化一起成立了一間「新手書店」，用「手工業」與「自耕農」精神經營至今。

不談夢想、不講理想、相信「閱讀」這件事可以透過開實體書店來實踐，讓文學與書本知識走入繁華熱鬧的街頭，是生命裡最大心願。

這套世界文學包含了多元的文化與各地不同的風景與習俗，當你徜徉在《金銀島》故事情節中時，是否也運用了你敏銳的觀察力，發現哪些是與自己的生活很不一樣的地方呢？以下幾個問題將幫助你試著發表自己的心得或感想。現在就讓我們穿越文字的任意門，一起開始這趟充滿勇氣、信心與感動的旅程吧！

問題1　吉姆從一個旅館小老闆，經歷了一場精采的冒險，你覺得他具有哪些個人特質，你最佩服他做了哪一件事？

問題2　作者如何描寫西爾法的第一印象？這跟他的內心符合嗎？試著找找類似的例子或成語？

問題3 海盜的寶藏是金銀財寶，你有自己的寶藏嗎？你覺得自己身邊最珍貴的寶藏是什麼？

問題4 書中船長、醫生甚至是海盜都有自己的職業道德，試著找出他們的職業道德是什麼？舉例看看在日常生活中還有哪些事與職業道德有關？

問題5 本書的背景是十八世紀的英國，在海權大盛下所產生的冒險小說，書中有狡詐的海盜，也有善良的市民，你最喜歡故事中那一個角色？為什麼？

阿部知二

東京大學英文系畢業，英美文學家。
最早將《白鯨記》引進日本的翻譯家，
亦翻譯多部兒童文學作品。

譯者簡介

游若琪

遊走於日文與圖畫之間的專職譯者，翻譯兒童文學是多年來的夢想。《金銀島》的動畫是童年的回憶，發財夢人人都有，但是冒險還是算了吧！譯有《魯賓遜漂流記》、《阿爾卑斯的少女》、《從來沒有人懂我，可是每個人都喜歡我：愛因斯坦 101 則人生相談語錄》等，以及漫畫與輕小說多部。

封面繪圖：Lynette Lin
封面設計：倪龐德
彩頁繪製：謝璧卉
地圖與註解小圖繪製：小威
註解照片：wikimedia

國家圖書館出版品預行編目（CIP）資料

金銀島／羅伯特・史蒂文生作；阿部知二，
游若琪譯 . -- 初版 . -- 新北市：木馬文化
出版：遠足文化發行，民 108.07
面；　公分
ISBN 978-986-359-691-2（平裝）

873.59　　108009547

金銀島

宝島

原著作者：羅伯特・史蒂文生（Robert Louis Stevenson）
＊日文版由阿部知二譯自英文
譯　　者：游若琪

社　　長：陳蕙慧
副總編輯：戴偉傑
責任編輯：王淑儀

讀書共和國出版集團社長：郭重興
發行人兼出版總監：曾大福
出　　版：木馬文化事業股份有限公司
發　　行：遠足文化事業股份有限公司
地　　址：231 新北市新店區民權路 108-2 號 9 樓
電　　話：(02)22181417　　傳　　真：(02)8667-1891
Email：service@bookrep.com.tw
郵撥帳號：19588272 木馬文化事業股份有限公司
客服專線：0800221029
法律顧問：華洋國際專利商標事務所　蘇文生律師
內頁排版：中原造像股份有限公司
印　　刷：中原造像股份有限公司
小木馬悅讀遊樂園：https://www.facebook.com/ecuschildren

初　　版：2019 年 8 月
初版三刷：2022 年 4 月
定　　價：340 元
ISBN：978-986-359-691-2

21 SEIKI-BAN SHOUNEN SHOUJO SEKAIBUNGAKU-KAN〔6〕
《TAKARAJIMA》

精選二十四冊、橫跨世界多國的文學經典名著

好的文學作品形塑涵養孩子的品格力與人文素養

勇氣・善良・夢想・行動・智慧・思辨……

希臘神話（希臘）
悲慘世界（法國）
唐吉訶德（西班牙）
偵探福爾摩斯（英國）
格列佛遊記（英國）
湯姆歷險記（美國）
莎士比亞故事（英國）
小婦人（美國）
紅髮安妮（加拿大）
長腿叔叔（美國）
魯賓遜漂流記（英國）
三劍客（法國）

小公子（英國）
俠盜羅賓漢（英國）
三國演義（中國）
西遊記（中國）
金銀島（英國）
阿爾卑斯少女（瑞士）
聖誕頌歌（英國）
十五少年漂流記（法國）
傻子伊凡（俄國）
愛的教育（義大利）
黑貓（美國）
少爺（日本）

…………………………出版順序以正式出版時為準。